纽伯瑞国际大奖小说

银色大地的传说

Tales From Silver Lands

[美]查尔斯·约瑟夫·芬格/著 艾 文/译

团结出版社

图书在版编目(CIP)数据

银色大地的传说 / (美) 查尔斯·约瑟夫·芬格著；艾文译. -- 北京：团结出版社，2022.4
（纽伯瑞国际大奖小说）
ISBN 978-7-5126-9383-8

Ⅰ.①银… Ⅱ.①查… ②艾… Ⅲ.①儿童小说—中篇小说—美国—现代 Ⅳ.①I712.84

中国版本图书馆CIP数据核字(2022)第077185号

出版：团结出版社
（北京市东城区东皇城根南街84号 邮编：100006）
电话：(010) 65228880　65244790　（传真）
网址：www.tjpress.com
Email：65244790@163.com
经销：全国新华书店
印刷：大厂回族自治县德诚印务有限公司

开本：145×210　1/32
印张：67.75
字数：1070千字
版次：2022年11月　第1版
印次：2022年11月　第1次印刷

书号：978-7-5126-9383-8
定价：198.00元（全九册）

出版说明

纽伯瑞儿童文学奖(The Newbery Medal for Best Children's Book),又称纽伯瑞奖,是以英国著名出版家约翰·纽伯瑞而命名。于1922年由美国图书馆学会(American Library Association)的分支——美国图书馆儿童服务学会(Association for Library Service to Children)创设建立,专用于表彰在美国儿童文学界有伟大贡献的作家们。至今已成为整个美国乃至全世界公认的儿童文学大奖。

纽伯瑞出生在英国的一户农家,他是自学成才的儿童文学作家和出版家。他打破当时保守的风气,崇尚"快乐至上"的儿童教育观念,开辟英美儿童文学之路,所以被后人称为——儿童文学之父,纽伯瑞的贡献对于儿童文学,可以说是个重要的里程碑。

纽伯瑞奖每年评选颁发一次,奖励前一年度出版的优秀英语儿童文学作品。此奖项设立金、银两个奖章,每年金奖设立一部、银奖设立一部或多部。设立至今,几百部优秀儿童文学作品已经荣获此奖项。

我们本次通过精心挑选、细致编辑,为大家整理了此套纽伯瑞国际大奖小说丛书,全套九册,多为历届获奖作品中的金银奖章作品。选取故事也多元丰富,或滑稽、玄妙,或温存、美好,或是展现不畏艰

银色大地的传说

难的生活态度,亦或是在民族历史背景下的奋进。本本都各具特色,引人入胜,下面让我们先睹为快吧!

《老烟草店的故事》(又名《弗雷迪历险记》)以小男孩弗雷迪的视角,叙述他进入烟草店后的种种奇遇,结识了许多奇奇怪怪的朋友:店主托比、阿曼达姨妈、平奇先生、两个怪老头、水手等……在弗雷迪偶然一次偷吸了中国烟草而召唤出水手米曾后,他和朋友们进行了一次跨时空的魔法冒险。而文末笔锋一转又恰似一场梦境,梦醒回到现实更增添的是对时间的感悟。

《银色大地的传说》由十九个独立成篇的南美洲印第安民间传说组成。作者结合自己独特而丰富的南美洲旅行经历,从幽暗的丛林到无边无际的草原,从万里无云到白雪纷纷,俯瞰耸立的怪石,探索神秘的海底……让我们尽情遨游古老而神秘的异国大陆。同时书中人类与巨人、怪兽、女巫等超自然力量的斗争,又让故事惊险而有趣,堪称世界儿童文学中的珍品。

《海神的故事》是一部由幽默风趣的美国人讲述的中国民间故事,充满传奇色彩的故事扣人心弦。筷子的诞生、风筝的来历,呈现出似真似假的传说;买儿子的温父、懒汉阿喜、正事反干的真俊,一个个鲜活的人物看似可笑,却又从不同层面传达了中国古代人民数千年的智慧和思想精髓。

《扬子江上游的小傅》是一个充满着冒险和奇遇的励志故事。真实地再现了在军阀割据的年代,一个初到大城市重庆的农村少年小傅,被大名鼎鼎的铜匠唐老板收留为徒、视为义子,与同命相连的小李结下了深厚友谊,跟随年老傲骨的王秀才读书认字……小傅面对生活艰辛、城里人的歧视、时局动荡等等一系列问题,用淳朴的灵魂不断挣扎、成长，最终站稳脚跟。

《银顶针的夏天》故事发生在富有人情味的田园乡村，十岁的小女孩加内特在酷热的夏天，从干涸的河床上拾到了一枚银顶针，仿佛银顶针带来了魔法，使她的生活发生了一系列奇妙的变化：久旱的农场迎来酣畅的大雨，流浪汉埃里克成为她家里的一员，小猪提米荣获展会蓝丝带……这么多幸运的事情都在拾到银顶针后的夏天到来了。我们体会了纯真的乡间生活的同时，也感悟到人情的美好。

《消失的湖》讲述一对表兄妹朱力亚和波西娅暑假探险途中，无意间发现了大沼泽边矗立的一片颓废"鬼城"社区，开启一段神奇的冒险之旅。他们结识了乐观开朗的明尼婆婆和品达爷爷，得知了沼泽曾是美丽的湖泊，"鬼城"曾是考究的社区的秘密，这个奇妙的假期，他们用善良、勤劳、乐观的态度，创造了自己的"世外桃源"。

《风之丘》讲述了小伙子奥利弗因假期从舅舅家赌气出走途中，在风之丘结识了养蜂人，这个优美的地方和有魅力的人深深吸引他多次前往。从养蜂人讲的故事中揭开了整个家族的秘密，最终奥利弗用自己的智慧帮助舅舅解决了风之丘的问题。同时他自己的内心也得到了反思和洗涤。

《城堡镇的蓝猫》这是一个充满想象和寓意的故事，主人公是一只在蓝色月光下出生的蓝色小猫，它有着丰富的内心世界，因为特殊的毛色而有了特殊的使命——把《河流之歌》传达给城堡镇的居民，这首歌饱含人类友爱、善良、美丽、和平和知足常乐等最基本的价值观。在它到达城堡镇时，发现那里的人们心中充满着仇恨、不满、欺骗、互不信任。蓝猫历尽艰险，用积极坚强的品德最终完成了使命。故事有趣，情节悬妙，蕴藏哲理，也揭示了人们在面对真理、谎言、诚实及贪婪时的挣扎。

《自由战士》是一位少年跌宕起伏的成长史，也是美国历史的片段缩影，曾经恃才傲物、天资聪颖的银匠小学徒约翰，因意外事故断送了银匠生涯，从此命运改写，跟随爱国人士投身美国独立革命的洪流之中。"人，应该活得顶天立地……"他带着新的梦想为美国的历史增添了浓墨的一笔。

我们本次重新对"纽伯瑞国际大奖小说丛书"的整理出版，本着尊重原典的精神，所选篇目既符合青少年的年龄特点又触及心灵深处，读中有趣、读后有感，连成人也会跟随每部作品追忆那逝水般的美好年华。全书译文细腻传神，适合青少年与家长围炉共读。由于编者水平所限，在编辑过程中，书中疏漏之处在所难免，请广大读者不吝赐教！

目 录

三根尾巴的故事 …………………………… 1
奇异的狗 …………………………………… 14
泥中鳄与葫芦人 …………………………… 22
壮士拿哈 …………………………………… 34
邪恶魔法球 ………………………………… 42
花蜜换来的故事 …………………………… 53
邪恶之源 …………………………………… 59
兄弟皆英雄 ………………………………… 69
勇士四百战巨人 …………………………… 78
银星女神与瑞如 …………………………… 89
温柔民族和羊驼的传说 …………………… 99
一个故事值一个硬币 ……………………… 108
神奇线结的故事 …………………………… 122
许错愿之人 ………………………………… 133

银色大地的传说

饥肠辘辘的老巫婆 …………………… 142
魔镜的故事 …………………………… 156
懒　人 ………………………………… 170
卡布拉坎的一生 ……………………… 186
夜游人和猫的故事 …………………… 193

三根尾巴的故事

洪都拉斯,有一个叫作变色龙的村子,里面住了很多印第安人。镇上的房屋建得整整齐齐,而且屋顶上都盖着干草,远远望去这个镇子小得可怜,而且镇上只有一条街道,整个村子就像个豆丁大小的马蜂窝。这里的房子没有栏杆,街上也没有划分车道和人行道,所以一打开房门,外面就是街道。街上热极了,因为当时铺路的时候只用了沙子,待在屋中无聊的时候想着要出去。可真当你到了外边,就立马想回屋内,所以孩子每次玩耍都去那个凉爽的河边。我当时住在镇上的时候,经常能在河边看到玩耍的孩子。

那天我和我的小毛驴来到了小镇。天气十分炎热,我把小毛驴放养在旁边，随便它是想事情、吃草还是睡觉做梦，而我就看着水中的小孩子在那里戏耍。这时，一个刚刚学会走路的孩子跌跌撞撞地来到了水边，把腿伸入水中，然后像小狗一样在水中游了起来，那姿势看起来和在寒火地岛（南美洲最南端）在寒冰中游泳的孩子一模一样。他游了过来，上了岸，来过了我的身边，他一边笑一边像小蟋蟀那样蹦蹦跳跳，他的笑容十分友好，笑容中包含了那份属于孩童的美好与纯真。

  我并没有着急赶路，因为早上实在是太热了，所以这天晚上就住在了这个村庄。外面都是围坐着的村民，他们边弹吉他边唱歌。听着吉他声和歌声，我突然想到了口袋中还有一个在法国买的小风琴，小巧玲珑，我一直都带在身边，每当启程的时候只需小毯子一裹就能带走，赶路的时候我就会把它塞进马鞍后的被褥中。看到大家载歌载舞，我不禁拿出小风琴和他们一起欢乐地演奏。我一不小心就走调了，但在座的人毫不在意，我们十分快乐地玩耍着。过了一会儿，孩子都对着风琴声产生了好奇，把我围了起来。我自己都难以忍受自己吹的风琴声，太难听了，为了缓解这尴尬的氛围，我立马拿出了纸杯和一些纸卷给小孩们表演起了魔术，孩子们都被我逗乐了，这群孩子中就有今天游泳游到我脚边的小男孩。孩子的父亲高兴坏了，一边夸我是个很棒的家伙一边拿来了木薯面包和羊奶。男孩的父亲用唱歌来表达他的好客和友善。歌词中有一只做了一堆好事的鹦鹉，它一直都和人类生活在一起，会唱好多的歌曲。之后它飞回了树林，在那里继续歌唱，树林中的鹦鹉都跟它学，最后都学会那些歌曲，还唱得有模有样。这歌词传到了我的耳朵里，有一句十分奇怪的歌词，也就是最后一句：

"当时老鼠长的尾巴和马尾巴一模一样。"

老鼠尾巴怎么可能这么美丽！我感到十分奇怪。一等男孩的爸爸唱完歌曲，我就忍不住问他老鼠怎么可能长着马一般的尾巴。

男孩的父亲认真地听完我讲的话，然后回答我说："是的，但是那时候老鼠真的长着马类的尾巴。"

"那是什么时候？"我问道。

"就是兔子有着猫一般尾巴的时候。"他回答道。

"我仍然没有明白。是非常久远的时候？"

"那个时候，鹿还有着狗一样的尾巴。"男孩父亲又补充了一句。

听到我们在交谈，大家都围了上来，但出于礼貌，都停止了唱歌。一个老妇人抽着雪茄走到了我俩的身边，她点了点头说道："他说的没有什么好怀疑的。那是吃蜘蛛和甲虫生活的汉巴茨所处的年代。这个故事是我外婆讲给我听的，而我外婆也是她的外婆讲给她听的。"一说完，老妇人就抽起了雪茄，然后闭上了双眸。周围的人你看看我，我看看你，相互点了点头表示认同，但都没有说一句话。我想老妇人一定会接着讲下去，大家出于礼貌，都没有追问老妇人接下来的故事。

这时候一个小姑娘站了起来，递了一块糖给老妇人，问道："那时候是三兄弟还是两兄弟呢？只记得他们清除了大森林，却记不得有几个人了。"

听完小女孩的话，老妇人两眼发光，立即丢掉雪茄开始讲接下来的故事。

"他们是两兄弟。我很早之前就和你讲过了。"她轻轻叹了声气，看上去已经讲得不耐烦了。"你记得我以前和你讲过这个故事，但是一直讲这个故事可不是一件好事。你看……"

老妇人随即从胸口的袋子掏出一块系着一条丝线的玉石，看得出是从另一块大石头掉落下来的，上面刻着长着犬类尾巴的鹿。我们十分小心地传看着那块玉石——即使他们都已经看过很多次了。当玉雕又回到老妇人手里，她便把它放回口袋，讲起了三根尾巴的故事。

在我还没出生以前，是那远古时代，那时候老鼠尾巴漂亮极了，和马尾巴一模一样，长着柔软的长毛。那是在旧汉巴茨时期，黑暗的森林深处住着一个老巫师，叫汉巴茨，而那黑暗的森林就在河的对岸。那个时候跟如今大不相同，动物长得和现在也不一样。那时候的动物比起现在的动物来，有的个头要大一些，有的却比现在的还要小。那时候的鹿尾巴像极了现在的狗尾巴，就和我刚刚谈到的那块玉石上一样，而且兔子尾巴比现在长多了，像极了猫咪尾巴，长了很多毛又很蓬松。

这片土地上生活着一个射箭百发百中的猎人。他有两个英俊健壮，还心灵手巧的儿子，他们投球、唱歌也十分在行，他们将球抛起，可以超过飞翔的鸟儿，而当唱起歌来的时候，所有路过的动物都会停下来倾听。两兄弟还是运动健将，跑起路来只有鸟儿追得上。

两兄弟慢慢长大成人，父亲认为他们应该自立门户了，叫兄弟两人用一星期的时间在森林边上砍出一块平地。这片森林非常大，阳光都很难从密密的树叶中照射过来，树根就像巨龙盘着的尾巴一样。这片树林大概数英里，枝叶密得穿不过去，最灵活的猴子见了都会绕道走。森林的最深处有一片漆黑无比的地方，那里遍地都是参天大树，树干比大象腿还粗，几个人拉起手来都抱不住树干。树林的周围生长着毒蛇般的藤蔓，到处都是巨大花朵和带刺的灌木，花的影子能遮住一个躺着的成年人。

两兄弟在伐木的第一天就找到了一块地方，把所有砍倒的树堆在了一起，森林中顿时空出一块地，空地是那么平整，和不刮风时的湖面一样。他们边唱歌边砍树，无论什么时候歌声都不会消失，这时候会引来一批歌声动听的鸟儿与他们一起歌唱，每到中午最炎热的时候他们才会休息一小会儿。兄弟俩和鸟儿的歌声优雅动听，连鬣蜥蜴都从丛林深处爬出来听他们唱歌。这头个头和人一般大的鬣蜥蜴，年纪已经很大了，而且它几乎不会从藏身的地方爬出来。

巫师汉巴茨住在黑暗森林的最深处。当他看到一棵棵大树被砍掉，他又生气又害怕，害怕自己马上会失去这块绝妙的藏身之地，就立刻动身去找他的好兄弟灰色猫头鹰商量对策。灰色猫头鹰想了想和他说：你一定要跑去他们父亲那说他们只会玩球和唱歌，没有砍树，让他们父子反目成仇，才可以保住这片藏身之地。

猫头鹰说："如果他们的父亲问儿子干得怎么样了，你就这样和他说：

'他们只知道玩耍和歌唱，大好时光都浪费掉了。'

他听完你说的话后一定会发怒，想要砍掉两兄弟的脑袋来泄气,这样我们就能十分安全地待在森林里。"

巫师十分赞同灰色猫头鹰所说的,在兄弟俩还在干活的时候,汉巴茨就挥动着两只手臂飞上了天,直冲兄弟俩和父亲一起住的地方,他还专门假扮成了一个伐木工。

"你好!"父亲一遇见汉巴茨,就打了招呼,看不出他是巫师。"你是从哪里来?"

"我是森林另一头的人。"汉巴茨说道。

"那你应该看到我那两个伐木的儿子了吧?"

"是的,我看到了。"

"他们的活干得怎么样了?"

听到这里,汉巴茨缓缓地摇了摇头,露出悲哀的神情,照着灰色猫头鹰教他的来回复父亲的问题:

"他们只知道玩耍和歌唱,大好时光都浪费掉了。"

其实事情是这样的:兄弟俩的确是在唱歌,但一直也在干活;当然兄弟俩也确实玩了球,而且那球没几个小时是掉不下来的,飞得老高了,可这段时间兄弟俩同样也在伐木。

"如果他们是我儿子,"汉巴茨说道,"我就砍下他们的头颅当作一次教训。"说完这些话他就走了,一直走出很远,当两兄弟的父亲看不到他的时候他才飞了起来——汉巴茨不会想让人知道他是个巫师。

父亲听完汉巴茨的话,顿时脸上愁云密布,但是也没说什么。就隔了一小会儿，两兄弟干好活儿回家来了，他们告诉父亲说一大片森林都被自己砍倒了。父亲惊讶极了，想了很久后，还是嘱咐两兄弟在明天砍掉相当于今天两倍的树。两兄弟觉得这个任务有点艰难，但还是答应了下来，因为这是父亲吩咐的。他们充满了干劲，动作快极了，大树似玉米一般，一棵棵躺在了地上，天色稍微泛红，他们就完成了父亲布置的任务。

但是，汉巴茨又跟前一天一样，来到父亲那边说兄弟两人的坏话，结果晚上两兄弟一回到家中，老父亲就告诉他们明天又要砍相当于今天两倍的树。

后面几天都是这样，第二天要砍的树都是前一天的两倍，到最后两兄弟差点连走回家的力气都没有了。然而老汉巴茨还是和之前一样，在他们父亲面前说他们偷懒，所以老父亲还是叫兄弟俩明天多砍一倍的树。

直到第五天，兄弟俩实在干不动了，想到父亲给他们布置的任务，再看着这片幽密的森林，心里满是绝望。他们离开家门的那一刻起就知道太阳落山前是完成不了任务的。不过这样一来老汉巴茨就开心了。但是那天奇怪的事情发生了，森林里没有一只鸟儿在鸣叫，连那些日常鸣叫的昆虫都不再说话。沉重的心情涌上兄弟俩的心头，好多小动物也一样不开心了起来。

这时鬣蜥蜴走到他们的面前，森林里没有什么是这只年迈的鬣蜥蜴不知道的。它听完两兄弟的故事，笑了笑。因为鬣蜥蜴知道鸟儿最能守口如瓶，所以确认了周围除了鸟儿外没有其他动物后，才让两兄弟认真地听他讲。

"不要那么难过了，我教给你们一个方法。在砍树工具上画上黑白红绿四个颜色的圆，在干活前唱这两句歌词：

'做事应当力所能及，这才会长久。'

勇敢的心陪伴着你，奇迹也会跟着你。"

鬣蜥蜴讲完方法就朝两兄弟俩笑了笑，然后一溜烟就爬到了树上视线最好的位置，卧在树干分叉处，伸了伸懒腰，望着两兄弟。鸟儿唱起歌并围起了大圆，天籁之声飘到很远很远。

兄弟两人带上所有工具，在上面画完了黑白红绿四色的圆后，唱起了鬣蜥蜴教他们的歌，歌声是那么的清澄甜蜜：

"做事应当力所能及，这才会长久。"

当歌词的最后几句唱完，鸟儿们开始呜呜呜叫，好似大合唱一般。而那些工具没有人驱使，居然也自己动了起来，斧头开始砍伐那些树木，镰刀割断藤蔓，铁锹铲平泥土，砍倒的树木灌木还有一条条杂草都整整齐齐地躺在了空地边上。不一会儿，所有的活都干完了，看到这里，鬣蜥蜴也笑了起来。猴子在森林里扔着从两兄弟那抓来的球，最后都可以从头扔到尾。

老汉巴茨看到了这个场景，气坏了，立马乘上风火轮，在天空中翻转了三百多圈，远远看过去像是一片急速飘动的黑色雨云。他气得发抖，连每根长胡子都竖了起来。越转圈他就越生气，最后他飞快地挥舞着手臂上了天，快得连衣服都起火了。他直冲两兄弟的老父亲那里去。

"我的两个儿子干活干得还行吗？"父亲向老汉巴茨询问。

老汉巴茨大吼着说道："你的儿子都太懒了！他们玩耍又唱歌，大好时光全都浪费掉。"

老父亲听了这些话后，说道："明天我会去那里看看你说的是否属实，要是你说的是假的，可别怪我的弓箭没长眼睛。你应该知道的，我的弓箭从来都是百发百中。但如果你说的都是真的，那我自然会惩罚我的两个儿子。"

老汉巴茨十分不开心。他知晓这位老父亲是一个百步穿杨的神箭手，所以手足无措的他立马跑到老朋友灰色猫头鹰那里，和他商量对策。当天晚上，他们集合了老鼠、兔子、鹿、美洲豹、负鼠等好多动物，而老鼠、兔子、鹿带头把那些砍倒的树放回了原本的位置，砍倒的灌木被放正，砍断的藤蔓被重新接好，森林恢复到了最开始的样子，就像两兄弟从来没有来过这里一样。

第二天早上，猎人带着他的两个儿子来到了指定的地方，森林还是原来的样子，兄弟两个都惊呆了。汉巴茨躲在一棵巨大橡胶树后咧嘴笑了起来，肩膀上还站着灰色猫头鹰。父亲很是恼火，真想砍下两个儿子的脑袋作为惩罚，但是不忍心，就决定再给他们一次机会。

"我之前让你们做的，你们并没有完成。"他说，"现在去把这块地方夷为平地，一天的时间。明天早上我会过来看看你们是否能够完成。"话一说完他就走了。

父亲前脚刚走，两兄弟就去找鬣蜥蜴询问对策。鬣蜥蜴说，你们只要按照我上次教你们的那样做就好了，这只是汉巴茨和他的同伙猫头鹰耍的巫术罢了。兄弟两人就在工具上画上了四个颜色的圆，并唱起了歌：

"做事应当力所能及，这才会长久。"

唱完以后，铁锹、镰刀、斧头、锄头又开始了昨天的工作，树木一棵棵被砍倒，藤蔓一根根被清理，森林立马又变为了空地。鬣蜥蜴告诉两兄弟这些都是那个巫师搞的把戏，还教他们怎样能够捉住那个巫师。两兄弟在森林里布下了三个陷阱，天空完全黑下来的时候，汉巴茨和灰色猫头鹰从自己的黑暗洞穴里往外面看，外面又是老鼠、鹿和兔子带头的动物大军从森林的各个方向集结而来。

领头的三只动物刚踏上那块空地就中了圈套，一个个都被逮了起来，其他动物见状四下逃窜。兄弟俩冲到圈套旁边仔细查看，看到兔子奋力一跳挣脱了陷阱，但是它那条像猫一样漂亮的尾巴就被陷阱夹断了、而那条马尾巴的鹿也遭遇了类似的事情，跟着兔子一起羞愧地躲进丛林，自此它们的尾巴就变短了。那只老鼠比较聪明，没学兔子和鹿那样挣脱陷阱，但是眼睁睁看着兄弟俩要过来，它使劲儿拉啊拉，尾巴上的毛一根根被扯掉，结果就成了现在我们看到的那种光秃秃的尾巴。

第二天早晨，兄弟俩的父亲，也就是那位百发百中的猎人，来到森林边上看到森林被夷为平地，知道兄弟俩做到了之前的承诺、接着父亲找到汉巴茨想说清楚，汉巴茨慌忙拍打着双臂，因为恐惧迅速飞向天空，身上的衣服都被烧焦了，接着皮肤也被烧得焦黑，最后掉在地上变成了我们今天看到的犰狳。兄弟俩从此在这一块富饶的土地上幸福地生活了很多很多年。

讲完了三根尾巴的故事,再回过头看看老鼠、鹿、兔子和犰狳,信不信就看你自己了。

奇异的狗

在树林的最深处,阳光都钻不进来,因为枝叶太茂密了。一座白色的高塔耸立在这里,附近长着五彩斑斓的苔藓和小树丛,住着叽叽喳喳的鹦鹉,有时候会有几百上千只小猴子在丛林中窃窃私语。很久之前,这里是一片欢乐的土地,人们在鲜花丛中欢歌载舞,看上去一片美丽的景象;而现在看上去一片荒芜,院子里杂草纵横,连藤蔓都爬上了窗户,看过去一片悲凉。

这座白色高塔诞生之前,这地方有着一位受人爱戴的国王。他不但爱这里的人民,还爱这里的花花草草。无人知晓他的来历;有的人说他是海上来的,而且是一个人坐着一个大贝壳来的,没有带一个船员,所以这里的人们称他为"贝壳国王"。他在民间巡视时,一直都是穿着一件上面闪着金光的羽毛的松石绿披风,而且他的腰上还会系着镶有奇异宝石的金色腰带。他每次出门都会穿着金子打造的鞋子,手中拿着一把象征世间和平、人民丰衣足食的银色长矛。那时候的男人为了赢得女人的芳心都会献上最美的钻石、红宝石和祖母绿,还有那露水中的彩虹桥。地里的玉米也长得非常大,大到比人还高,一个男人只能抱住一棵;连棉花都有赤橙黄绿青蓝紫七种颜色。国王的女儿教人民种了这些彩色棉花。她是人民公认的女神,她有着一头丝般顺滑的洁白长发,她所到之处,都会飘荡着令人沉迷的香味。那时候的鸟儿每天都会歌唱,欢乐的歌声弥漫了这片土地,而且美妙的歌声不会停歇,枯萎的苔藓听到都会抬起头来。公主的故事传到了这片土地的每个角落。所有年轻强壮的男子不管身处多远,都赶来这里,想见公主一面。但是来看公主的人太多了,所以公主每个星期都要空出一天来给这些男子表现的机会。这些人中有的射箭一流,有的能直接套住奔跑的骏马,有的唱着自己创作的曲儿,还有的人精通笛子,笛声一起,连杨柳都会垂下头来聆听,剩下的那些没有才能的人只能拿出用宝石做的花鸟动物来献给公主。公主看到这些本领和宝物会很高兴,但是没有一个人能让她倾心。

在国王踏上这片土地以前,这块土地被一个名叫特拉帕的邪恶女巫统治着,她来自摇晃泥浆之地。当国王踏上这片土地之后,为了保护他的子民不受女巫的伤害,国王把女巫赶出了国,还建立起防线,派士兵日夜把守,不让女巫回来。所以,女巫只能等到乌云遮住月亮的夜晚,才敢从洞穴中爬出来,去到边境上行动,白天只能待在自己的洞穴里。

有一天,一个衣衫破烂、叫作马克恩·纳赫拉的男人请求面见国王,国王很开心地接见了他。因为现在的国王知道自己已经上了年纪,所以国王想要找一个智勇双全的候选人来接替自己的位置。公主正好见到了这个陌生人,哭着对国王说,自己曾经在梦中梦见了这个年轻人。国王询问她是怎么一回事,公主回答道:在梦中,她和这个男人四处奔走,还帮这个男人耕作,还给他做了衣服,困了就睡在他脚边。国王一听到女儿竟然成了这个衣衫破烂人的仆人,惊讶极了。这块土地上不存在游手好闲的人。第二日,国王就对空着双手的马克恩·纳赫拉说,几天后,你和其他年轻男子比试下高低,结果出人意料,马克恩·纳赫拉完美完成了考验。听闻当时比试的时候,他能用套索套住几乎所有东西,而且他奔跑起来就像是一阵风,没人赶得上他;这个国家最厉害的弓箭手一箭射中了靶心,而他后面射了一箭,把之前那支箭劈成了两半；最后离去的时候，他还一展了歌喉，那歌声把林中几乎所有的鸟儿都吸引了过来，等到歌唱完，一只金光闪闪的绿咬鹃飞过来，静静地停在了他的肩上。

比赛结束的时候，国王给他授予了弓箭手、套索手、赛跑者和歌唱家等头衔，大家都围上来恭喜马克恩·纳赫拉。在这块土地上不存在嫉恨，每个人都诚心相待。国王已经年迈，所以当他遇到马克恩·纳赫拉，感到十分高兴，终于有一个能力拔群的年轻人能接手他的位置了。他随即从王座上走下来，把那件松石绿的披风脱了下来，披在了马克恩·纳赫拉的肩上。一切都是那么的自然，公主寻到了她的梦中人。这对新人热爱着一切事物，并且这里的人民都很喜欢和爱戴这对新人。

女巫特拉帕的蝙蝠告诉了她这个信息。她有着乌黑的牙齿，冰冷的双眸，长而卷的指甲，酷爱邪恶与战争，一听到老国王要传位给新人，本来等着老国王病逝就可以重新统治这片土地的她觉得别人抢占了先机，愤怒到了极点。看到欢呼声都是属于马克恩·纳赫拉的，她咬了咬嘴唇，眼睛眯成了一条线。乘着夜色，来到了石头城罗磊码。那里住了一个力大无穷的野人，它每天围着冒着青烟的木头火堆发呆，而且不会出洞穴。特拉帕走近野人身边，围着火堆和它小声说着什么。蝙蝠围着他俩飞，白色蠕虫也围着他们爬,都想要偷听他们在商量着什么,他们在计划如何除掉马克恩·纳赫拉。野人的想法是冲进城中,然后干掉路上的士兵,再用长刺杀死马克恩·纳赫拉。但特拉帕并不赞同它,她知道马克恩·纳赫拉会立刻射箭抵挡野人的石头阵。特拉帕可比野人厉害多了,她和野人说,在丛林深处,幽暗昏沉的地方生长着一种有毒的奇异植物,因为那里的植物长得太密了,特拉帕一直过不去。

  野人一听到是这种有毒的奇异植物就立马站起,往森林里冲去,用手掌劈开灌木,用脚踢开巨石,溅起大水花,然后像猫一样向悬崖峭壁上爬去。立马摘下了那棵有毒的植物,马不停蹄地赶回洞穴,把它给了特拉帕。特拉帕燃起一截烂木头,烘干了接过那棵植物,将它碾成了粉末,撒在空中,让它随风飘到国王和子民生活的地方去。只要是和粉末接触的人,无论身在何方,都会产生憎恨和怀疑,产生嫉妒之心和贪婪的欲望。只要沾上一丁点粉末,无论是何种植物,都会立马枯萎,连玉米都萎缩了,曾经花开遍野的地方,一夜之间荆棘密布。这里的气候也随之改变,舒适的天气不再存在,取而代之的是炎热的白天和冰冷彻骨的夜晚。人一旦接触了这种毒粉就会十分贪婪,到处说自己拥有大片的土地,想要驱赶在这居住的别的村民。所以纷争开始了,人们开始打斗;老国王也变了性子,看到领土上的人民性情大变，就听信了谣言，认为这都是马克恩·纳赫拉造成的。

谣言越传越广，人们议论纷纷，开始不辨真假。当马克恩·纳赫拉看到花果凋零的时候，满脸悲伤，只要是他经过的地方，人民都不会去看他的眼睛。很快流言不再是流言，人民开始了行动。一天，村民们用木棍和石头驱赶马克恩·纳赫拉，把他赶到了丛林深处。这里除了偶尔的鸟鸣，听不到别的声音。

马克恩·纳赫拉的内心十分悲伤。日子一天天过去，没有同伴的他在树林中徘徊。他用树枝给自己搭了一个简陋的窝。突然有一日，一只流浪狗来到了这里。这只流浪狗看上去，又瘦又疲惫，浑身都是伤。善良的马克恩·纳赫拉立马把它抱进了屋，给它洗澡、抚慰它，还把自己仅有的几颗浆果、几滴树胶和树根分一半给它。

第二天早上，小狗没有跟着马克恩·纳赫拉一起去小溪洗澡。他一回来就被眼前的景象惊到了：屋子前多了一片满是庄稼的农田，不出一会儿，这些庄稼都成熟了。这天晚上他带着小狗到处散步，心里可高兴坏了，顿时对这片突如其来的土地充满了感激，感谢拂动树叶的微风，感谢嗡嗡的小蜜蜂，更感谢这时陪伴他身边唯一的活物。第三日，狗在太阳底下睡着了，马克恩·纳赫拉还是和往常一样去小溪边洗澡,但这次从小溪边回来的时候,原来捡来造房子的树叶和树枝,变成了干净、明亮的屋子。房子周围,花朵、果子遍地都是,小鸟在树头歌唱,祖母绿宝石般的蜂鸟在树叶里穿来穿去。马克恩·纳赫拉心中再次充满了欢乐与感激。

第四日,他假装去河边,但在出发后立即掉头,静静地躲在屋后看着,结果神奇的一幕发生了:那只小狗褪掉了皮,变成了那个最美的公主。变身后,她立马为马克恩·纳赫拉缝制衣服。她的动作快极了,一会儿一件件新衣服都被做了出来。做好衣服后,她又匆匆开始织起了吊床。

马克恩·纳赫拉没有发出任何声音,还是像以前那样去溪边洗澡。在他回来的时候,那只小狗从很远的地方跑过来迎接他,用小鼻子蹭着马克恩·纳赫拉的掌心。到了第五日,马克恩·纳赫拉又躲了起来,看到了公主变身。花园里很多鸟儿因为公主的到来,开始鸣叫。马克恩·纳赫拉立马跑了过去,把那个狗皮扔进了火堆之中,这时燃烧的狗皮像极了燃烧的树叶。公主哇地大叫,因为魔咒就此解除了,马克恩·纳赫拉拯救了一个美妙且美丽的灵魂。

他们手牵着手回到原来的地方,老国王出来迎接了他们。城堡里所有人欢呼、尖叫,为马克恩·纳赫拉的归来感到高兴。因为人们把他赶走后,邪恶并没有消失,所以人们十分后悔。当人们看到公主归来的时候,都开心地哭了,没人知道公主去哪里了,只知道公主一天晚上失踪了,那一天从公主的寝室跑出来一只狗。这一切都是女巫特拉帕对公主施下的魔咒——虽然魔咒邪恶,却始终无法战胜善良的灵魂,这个咒语无法永远束缚她,因此公主每天都会变回原形一段时间。

城里召开了一次盛会,并且马克恩·纳赫拉也抓住了女巫特拉帕,用银箭头射穿了她的心脏。那个摘来毒草的野人一听女巫死了,就感到十分害怕,立马跑去摇晃泥浆之地沉了进去,没人再见过它。马克恩·纳赫拉按老国王的意思,当上了国王,马克恩·纳赫拉也在他搭建小屋、并且也是他第一次偶遇小狗的位置,建造了一座白色的塔,这座塔如今还矗立在奥林诺蔻。

泥中鳄与葫芦人

很久很久以前,有一位居住在圭亚那的母亲,带着儿子在我们现在还能看到的小山下的湖边生活。

那里的小伙子,属她的儿子奥拉长得最高大,品行也是最正直的,并且他还温柔善良。奥拉每天傍晚都会钓鱼回家,而且晚饭后他都会和妈妈一起乘凉,聆听瀑布和溪流流入湖中的声音,观看那美丽的落日。在他们的房子前,经常会有小动物来做客。有时候是刺豚鼠,有时候是美洲豹,它们相互嬉闹;银环蛇蜷缩在大个犰狳的贝壳上休息;鸟儿像跳动的火焰一样在树枝间穿行;连大蝴蝶也喜欢来他家门口凑热闹,绕着花儿飞上飞下,展示自己那丝绸般美丽的翅膀;他妈妈正是受到了蝴蝶的启发才编织出五彩色的吊床。当夜幕还没有降临之前,成百上千的萤火虫还没有开始发光,森林女神就放开了歌喉:

"我们是森林的孩子,
我们是山丘的孩子,
我们随着心愿而来,
奥拉!——只要你说话!"

日子就在愉悦的气氛中过去。一天,奥拉和往常一样来到湖边捕鱼,发现之前撒下去的渔网被撕成了好几块。他马上把渔网从湖中拉起,却发现网中鱼都被吃完了,十分吃惊。无论在山林里,还是在山坡上,他之前都没有遇到过这样的事情,因为在这里他还没有遇到过敌人。他拿着手中的渔网开始发呆,想不明白这是怎么一回事,突然听到背后的声音:

"我们是森林的孩子,
我们是山丘的孩子,
我们随着心愿而来,
奥拉!——只要你说话!"

向四周看了看,奥拉就看到了一只眼睛炯炯有神的啄木鸟，正与自己对视，于是，奥拉嘱咐那只啄木鸟，帮他盯住这一带。说完之后，奥拉在去摘野果子之前，去湖中放了一个新的渔网。他刚走几步，啄木鸟就大叫"来了! 来了!"奥拉像野马一样奔跑到岸边，可是还是晚到了一步，第二个渔网也被撕烂了，而且比之前那个还要破，网中一条鱼都没有。

奥拉拜托布谷鸟帮他看着湖中的渔网，然后又在湖中放了一张新网。很快"布谷! 布谷!"的声音传入了他的耳朵，这次他跑得更快了，比风还快，立马就来了湖边。这次他隐隐约约看到了湖中有东西在靠近他的渔网，走近一看，是一头扁头上沾满泥土，目光呆滞的沼泽鳄。奥拉快如闪电，拉开弓就是一箭，箭矢射在了鳄鱼的两眼间，鳄鱼很快就消失不见了。

奥拉为了继续去摘果子，很快就补好了破掉的网洞。不出一会儿，布谷鸟更响的叫声传到了奥拉的耳朵里。奥拉像风一样飞奔而去，一边跑一边拉开了弓箭，然而等他跑到湖边的时候，见到的却是一个貌美的印第安姑娘，她穿着一袭银色长裙，在湖边哭泣。看到那个哭泣的姑娘，奥拉就起了怜悯之心，立马走到姑娘的身边，牵起她的手问她叫什么，为什么哭得这么伤心。

"我叫阿奴·阿娜伊图。"她脸上还有眼泪，但还是笑着对奥拉说，那笑容就像是雨后的艳阳。

"你来自哪里？"奥拉问道。

"我家在那住着巨大猫头鹰的遥远地方。"她一边用手指指向黑森林，一边说。

"那你爸爸呢？"奥拉问道，这时他看到湖面上泛起了很大的水花，以为又是那条鳄鱼。

女孩沉默了，然后低下头捂住了脸，丝般顺滑的秀发滑过她的肩头。

奥拉把她带回了家中，看她这么难过就没多问什么。奥拉的母亲很热情地接待了那个姑娘，他们一起很幸福地生活了几个月，但是，阿娜伊图每想到爸爸都会哭得十分伤心。

过了很久很久，奥拉想让那个女孩子嫁给他。奥拉说道：只要她愿意成为他的妻子，他们就可以一起去到她家乡，告诉乡亲父老，在那充满和平与光明的地方有一个她的新家，深爱她的人也在那，最后和故乡道别。阿娜伊图听完这些，因为害怕，哭了起来。她和奥拉说，在回家路上会遇到灰色长毛蜘蛛，巨型的蝙蝠，长了好几千脚的虫子，还有很多他没有见过的可怕的东西。

"你和妈妈一起待在这里，让我一个人去吧"。奥拉为了让她不那么害怕，安慰她说，"我会寻到你的父亲，然后好好和他说，你在这里过得幸福极了。"

"这样万万不可。"少女又哭了。她说，"我爸看到你后肯定会找到这里，然后把你、我还有你妈妈撕得粉碎，因为他被恶鬼附身了。

奥拉十分疑惑，就去找了住在湖水另一端的隐士。隐士虽然年纪很大了，但还是很聪明，听说了奥拉遭遇和恐惧后，他思考了很久，告诉奥拉要做一个真正的男人，不要惧怕任何东西，只有战胜所有恐惧，他才能平安回来。"如果别人让你做出选择的话，你一定要选择那个最简单的。"

之后智者再也没有说什么。奥拉回到了家中，自己准备了独木舟，劝慰阿娜伊图立马和他一起出发。

正如阿娜伊图说的，这一路上真是苦难重重。大部分时间，他们都穿行在黑暗的森林中，那里的河岸十分高，岸边的黑色树茎像是毒蛇一样，扭曲、延伸。独木舟行过的地方，有房子一般大的黄色猛兽，还有沉睡的鳄鱼。时不时能从丛林中听到奇怪的叫声，那声音把大树都吓得开始发颤，这里没有阳光，只有黑暗和阴冷，他们有时一连几小时都在错综复杂的树林里穿行。

就这样行进了好久，他们最终到了一块开阔平坦的土地，少女和奥拉说，这是她父亲的地盘了。

"我只好离开你了。"她说，"但我妈妈等会儿会过来见你，她会给你三个选项做出选择。亲爱的，一切都靠你了，你做出的选择一定要明智啊。"然后挥手和奥拉道了别，沿着河岸向上游而去，消失在奥拉的视野之中。

就过了一会儿，河流的上游走来了一个老妇人，她的眼神满是悲伤。她拿出三个葫芦，按顺序放在了独木舟的边上。三个葫芦上分别是金盖子、银盖子和土盖子。奥拉打开了盖子，金盖子下面是鲜血，银盖子里是鲜肉，土盖子下面是木薯面包。想起隐士所说的奥拉，立马就选了那个装了木薯面包的葫芦。

"干得太棒了。"老妇人说，"这里的人们只信仰金子，所以很多人为它付出了血的代价。只有明智的人能做出聪明的选择，聪明的选择就是这个土盖子的葫芦。你已经选对了，那我就带你去我丈夫那里吧。他叫作卡伊口技。但是，他随时可能把你撕成碎片，在这一带，他以凶残霸道出名。"

奥拉没有多想就接受了老妇人提的要求。接着他随着老妇人来到了河岸的最高处。在那奥拉与他的爱人阿娜伊图相遇——她被母亲藏在了森林深处离房子很近的位置。而奥拉正要去卡伊口技那里，之后再回来找阿娜伊图。一听说深爱他女儿的年轻人已经走到自己这里了，卡伊口技愤怒地暴跳而起。他立刻冲出门，将大树看作野草，然后连根拔起，放在嘴里像嚼面包屑一样咀嚼。

奥拉跑向卡伊口技住的地方的时候，发生了怪事：石头朝天上跳起，然后直接向奥拉飞来，同时所有粗壮的树干都断裂了，狠狠地砸在了地面上，好像森林中的一切都在一个人的掌控之中。奥拉很快地冲了进去，但是这里并没有卡伊口技，奥拉往四周看了看，一个老男人正向他冲过来。这个老男人邪里邪气，胳膊和腿上系着骨头和牙齿，一个绿色的葫芦戴在了头上，葫芦上正前方眼睛的位置有两个洞。卡伊口技站住了，一动不动，之后大叫一声，跳了起来，上上下下地挥动着自己的胳膊，全身的骨头都在嘎嘎作响。那个男人的吼叫实在太吓人了，奥拉听完后，感到十分难受。卡伊口技跳过来之后，立即转过身，用葫芦上的两个洞紧紧看着奥拉。"你有什么用？"他大声吼叫，"你说说你有什么用？能把石头咬碎？能把树掰弯？还是能这样跳跃？"他一边跳上跳下一边说，每一次都比上一次跳得高，高到头顶的葫芦撞上了屋顶。

等他安静了，奥拉就说：

"我跳得没有你高。没有办法和你一样咬碎石头，更没有办法把树掰弯。但我的双手可以创造出你想要得到的所有东西。"

听完这些，卡伊口技咆哮了，又是很高地跳了三下，生气地咬着牙齿和骨头，咔咔作响。"那你给我做一把奇特的凳子。"他吼了起来，"凳子的一边雕刻美洲豹，另一边雕刻上我的头。如果天亮之前没有做好，你就会人头落地。"他大吼了一声，像龙卷风一样冲出了客厅。

　　奥拉知道这个任务十分艰难。想到当初在家中他就想要赢得这场旅行的成功，如果没见过卡伊口技的样子，他根本就无法完成这个任务。奥拉取出了小刀，挑选了一块好木头就刻了起来。他干劲十足，还没有过十二点就完成了美洲豹的那一边，但是卡伊口技那一边还未动分毫。于是他就跑到让他挑葫芦的老妇人那里寻求帮助，请求她描述一下卡伊口技的长相。但是老妇人根本不敢这样做，因为只要告知了奥拉，魔鬼卡伊口技知道这件事后，会杀掉他们俩。一小时转瞬即逝，可木头还是老样子，但是奥拉并没有放弃。这时候那个随和的少女走了过来，她领着奥拉来到了卡伊口技睡觉的位置，这里的另一边有一张吊床。奥拉静悄悄地爬了进去，想着如果不发出声音、不被他发觉的话，他头上的葫芦可能会掉落，这样就能看清他的真面目了。但是观察了半天，感觉葫芦都不会掉下来，奥拉越来越累。

　　这时候一个很小的声音从角落传来，对奥拉说：

"我们是森林的孩子,
我们是山丘的孩子,
我们随着心愿而来,
奥拉!——只要你说话!"

奥拉往四周看了看,一只老鼠映入眼帘。老鼠跑到了卡伊口技旁边,开始搓他的手掌,奥拉立马就开心了。有这样一段时间,卡伊口技都被烦得马上要摘下葫芦的时候,那只老鼠一不留神就被他一把抓起丢到了角落。

那股细细的声音再次传到奥拉的耳中。这下一只蜘蛛沿着蛛丝从天而降,它在下降的时候说:

"我们是森林的孩子,
我们是山丘的孩子,
我们随着心愿而来,
奥拉!——只要你说话!"

蜘蛛立马爬到卡伊口技的脸上。但是不幸的是,卡伊口技一下子就捉住了蜘蛛,一把把蜘蛛像老鼠那样丢了出去。

卡伊口技又要入睡的时候,成百上千的蚂蚁进到了屋中。带头的蚁后正在轻声哼唱:

泥中鳄与葫芦人

"我们是森林的孩子,
我们是山丘的孩子,
我们随着心愿而来,
奥拉!——只要你说话,"

蚂蚁一只只像战士一样爬到了卡伊口技的身体上,腿上,手上,身上全都是。一百来只蚂蚁爬到了葫芦里,卡伊口技再也无法忍受了,瞬间就暴跳起来,一把就把葫芦抓起,扔在了地上,立马抹走了脸上的蚂蚁。葫芦撞在墙上就成了碎片,然后没戴葫芦的卡伊口技在后半夜又睡着了。

奥拉两人躲得很好,光是看了一眼,奥拉就记住了他那副丑恶的脸。而且奥拉还发现他的双眼之间有一处箭伤,忽然恍然大悟,原来卡伊口技就是他那天在湖边射中的鳄鱼。等到老男人再次进入梦乡,奥拉才静悄悄地爬出去,强大的信念支撑着他在日出前雕刻完了卡伊口技那张脸的那一边。更神奇的是,他雕刻得太棒了,谁看到了都能认出这是可怕的卡伊口技。老男人拿起凳子看,发现奥拉还刻出了自己眼睛中间的箭伤,愤怒到了极点。头上没有葫芦的他跳得更高了,一下蹿上了天。最后他宣布这个任务过于简单了。一定再出一个。

"太阳落山之前,你要用羽毛给我造一所房子,但不能使用森林里鸟儿的羽毛。"然后十分严厉的命令从他口中说出,无论是谁,都不能靠近奥拉所在的这一带。刚说完,他就上上下下跳了几下,然后吼叫着跳走了。

等到四周静寂,奥拉仰起头,唱道:

"我们是森林的孩子,
我们是山丘的孩子,
请求你们的到来,
我一直守候在这里。"

森林马上躁动起来,四面八方飞来很多鸟儿:有森林里的、有河边的、有湖边的,还有海边的……各种鸟儿,它们有的是跑来的,有的是飞来的,有的跃过了高山,有的蹚过了溪流。有的鸟儿是浅褐色的,有的鸟儿则是五彩斑斓的颜色。有碎金一样的蜂鸟群,有傲娇的鸵鸟群。天上飞来了唱着歌的欧石鸡,还有那比火焰更鲜艳的火烈鸟正与胸前闪着金光的鹩鹩赛跑。有的不停地鸣叫,有的一言不发,有的鸟儿叫声清脆,好像铃铛的那种声音。田鸠、反舌鸟、鹳、秃鹫、天鹅、鹰、神鹰……几乎所有能叫得出名字的鸟儿都来了。

它们一起忙活,不出一个小时就做出了这世界上最美丽的羽毛屋,从来没有人看到过这么美丽的屋子。在阳光的照射下,羽毛屋变幻为褐色、白色、金绿色、紫色、血红色等各色光彩。等到屋子最后一步由田鸠完成的时候,百鸟齐飞,翅膀的拍打声响彻云霄。等到四周重归寂静,奥拉觉得这都是一瞬之间的事情。

金色的阳光拂过大地,卡伊口技又是咆哮又是高跳。但当他看到羽毛屋的时候,整个人都呆掉了,气坏了。他说不出一句话,因为舌头被太阳烫伤了,眼前的一切太过于炫目,让他的双眼也失明。他继续大叫,然后跳进了丛林最深处,没有了踪影。有的人说他已经掉进泥沼被淹死了。

奥拉和阿娜伊图成了羽毛屋的主人。自此之后,这里的人们告别了被残暴领导的黑暗时光,人与人之间变得友善和睦。同时这里的人也知晓了,比金子更加珍贵的东西,还有很多很多。

壮士拿哈

一直向南走,有一大片的岛屿在那靠近合恩角的位置。这属于天涯海角,大朵大朵的乌云在深灰色的天空中翻来覆去,寒风凛冽,风声尖厉。旁边的群山盖上了皑皑的白雪,冰块时常会随着寒风掉在海里,传来类似于雷声的隆隆声。这一带不是灰黑色的海洋就是阴冷的山谷,而且那灰黑色的海洋十分冰冷,成千上万只海鸥凄惨的悲鸣到处都是。除了海鸥偶尔还能看到低空徘徊的信天翁和成群掠过山石的企鹅。有时还能听到海象低沉的哀吼和海狮的叫声。这一带几乎看不到人,仅有一部分生活在冰天雪地靠打鱼为生的印第安人,他们只能靠独木舟在冰水中穿行,无视随时刮来的狂风和那落在他们赤裸皮肤上的纷飞的大雪。

我就在这里遇到了一个流落荒岛的小男孩。这个岛屿小得可怜,还没一个操场那么大。他说他每天就靠吃海中的贝类和蚌类生活,并且在这里已经有好几个月了,那些吃完的贝壳被那个孩子堆了起来,像一个大棚子,而那个孩子就在棚子下睡觉。我们认识了一段时间后,我就开始询问他的来历,但是他是如何来到这里的我还是不知道。他看上去就只有十几岁,聪慧又活泼,而且记忆力超棒,可以快速学会新的词汇和掌握新的技能。但我们在一起的三个月中,他什么也不会,除了能很快地用破瓶子制作箭头。有一次我往绳子上打结,他都能呆呆地看上很久,而皮带扣对他来说就像一个未解之谜。对于这些,我十分惊讶。

在一天早上,当海豹进入我们视线的时候,他就给我讲起了关于海豹的故事。最开始,我集中精力在忙手头上的事情,并没有听清他所说的一切。过了好久才知道他是在给我讲述一个很长的关于海豹的故事。我担心我之前认真做事时漏掉了故事的很多细节,就让他又讲了三四遍,才把整个故事连了起来。

我想用英雄来定义这个故事,并用自己的言语讲述这个故事。因为要是用那个孩子的话来讲述的话,那么故事成这样了:

"一个好天气,好多天,在水底,一个男人在走路。吃人了,我父亲的父亲,人们放声大哭。"在这种乱七八糟的叙述中还掺杂了各种我看不懂的手势。我将这些一五一十地转变成了下面的文字。

很久很久以前,这里的村民靠天吃饭。他们没有鼻孔,全身长着很长的毛发,居住在海底。除了海底,岸边还住着人,每次他们出海捕鱼时,都能看到那些在海底行走的海底人,在水光的折射下,看上去像十分朦胧的影子。就这样过了很多年,陆地上的人和海底人都没有发生过纷争。

然后好多次,海底人成群结队地冲上岸来,开始袭击岸上的人,并把他们拖到海底。那些海底人在地上行走缓慢,但是一到了水中,走得比风还快,而且他们的数量很多,岸上的人没有反抗的能力,逃脱不了,大多都淹死在了海底。就这样,居住在岸边的人大都被淹死在了海里。双方打起来的时候,海底人一边把行进的独木舟围起来,一边发出震耳欲聋的声响,随着海浪越来越近,当海浪拍打在船上的时候,他们乘机把小船掀翻,把那些瞬间呆滞的人拖入水中。那些侥幸逃走的人看到海底人把同胞拖到了海底的一块巨石边,用皮带把他们绑在了石头上。

但是有一天,拿哈也被海底人抓住了。拿哈是一位勇者,年轻体壮、动作如风,身上都是树枝般坚韧的肌肉,当面对这类苦难险境的时候,也毫无畏惧。那时有五个海底人冲上来袭击他,其中三个人被拿哈拧断了脖子,它们的尸体被丢进了海底,这可把另外的海底人吓得缓缓后退了。那三具尸体很快沉到了海底,一边下沉一边口中流出鲜血,看上去好像水中形成了粉色的云。没过一会儿,海面又开始躁动了,海底人愤怒到了极点,就像台风吹倒树木一样那样,纷纷从水下蹿出水面。这时候的拿哈并没有慌张,嘴角还露着笑容。海底人偷偷摸摸地靠近着拿哈,一开始没有一个人敢动手,又过了好一会儿,人群又开始了喧闹,所有的海底人都朝拿哈的独木舟冲去,用人海战术弄翻了拿哈的船,可怜的拿哈瞬间掉在了水中,周围都是那些长了长毛的海底人。听当时目睹了这场战斗的人说,那时候海浪滔天,雷声中夹杂着巨浪声,把混战声掩盖过去。拿哈和海底人战斗到了最后一刻,当他最后快要淹没在海水中的时候,他的脸上还带着开始的那份笑容。

  一整个战斗过程就如梦一场。有的人看到密密麻麻的海底人在那海底的巨石中间包围了拿哈;有的人看到海底人越过那些不敢接近拿哈的同类,冲上去和拿哈扭打在一块;还有的人看到海底人在海底沙里爬行,想用绳子捆住拿哈,许许多多的海底人在巨浪中陷入了战争。在那一天,海岸鲜红一片,没人知晓战斗是何时结束的,是怎么结束的。太阳光消退,云在昏沉的海中渐渐变深,之后迅速消退。

就在这天晚上,岸上的人们都为勇士拿哈流下了眼泪。他们那挥舞长矛的时候像一道闪电,划起独木舟来像暴风雨中穿行的海燕的勇士拿哈。每当人们开始讲述他的故事,都会说他从不屈服于恶势力。那个最黑暗的战斗之夜到来之前,拿哈独自一个人划船出海,在暴风雨中捕杀巨鲸,为同伴们带来充足的食物。

但是,拿哈在一个海鸥鸣叫的清晨,重新回到了他们身边。他面容坚定地从海中走了出来。他没有说一句话,稍微吃了一点东西,然后沉思了很久,才开始说话。

他讲述了他与海底人战斗后的奇遇。在那场战争中,他杀掉了说不清的海底人,沙滩上都是海底人的尸体,那时的他虽然筋疲力竭,但是他还是拼了命杀出了一条血路冲了出去,他来到了一个大得离谱的洞穴。他推开了洞穴的门,走了进去,发现这个洞穴大得离谱,一眼看不到边。他从未见过那么高的屋顶,顶上还闪耀着奇异的翠绿冷光,脚下都是金银铺成的细沙和雪白的石头,还有一些五颜六色的鱼在这里游来游去,海草随波起舞。

就这样走着走着,拿哈遇到了一位美丽的女子。她坐在一张白色的椅子上,她的皮肤光滑雪白,头稍稍倾斜,一头金发在水中漂浮着,和飘在空中的白云一样。女子询问了拿哈为什么来到这里,拿哈就把战争的全部经过和陆地人受到的来自海底人的苦难都告诉了女子。

那个美丽的女子耐心听着拿哈的讲述。她一只手托着腮,悲伤充满了她的双眸。拿哈刚讲完全部经过,女子就告诉他,仅有一种方法:利用"白色死亡"才能让陆地人永久摆脱海底人的侵犯。她将一颗巨大的海贝递给拿哈,同时告诉他如果吹响这颗海贝,就会释放全部七星之下的冰寒,"白色死亡"就会触发,全部海底人都会被赶回他们从前住的地方。女子刚刚说完,便从椅子上站起,紧紧握住拿哈的手,和他对视了很久。

"拿哈,海底人人数众多,没有道理可讲。释放白色死亡之声的那个人,自己一定会在海上被冻死。我特意告诉你,就是因为怕你的坚持而感到失望。"

关于拿哈自身的故事就在这结束了。他只给大家看了那个巨大的贝壳,却一直都没有告诉大家他是如何重返陆地的,说他宁愿牺牲自己,也要让陆地上的村民获得永久的自由。听到这里,大家纷纷叫嚷起来,村民们想让他继续做他们的首领,并不想让这位有胆有谋的勇者吹响海贝。但是拿哈拒绝了。他说,海底的女子告诉他,在他吹响号角之前村民必须带上所有家当去那有阳光照耀的远方,因为如果继续待在这里,所有人都会丢掉性命,最后这里的所有都会被白色死亡冻结成冰。

每人都有自己的说法——因为很多人都不愿离开这片生存了很久的土地。但拿哈还是替他们做了决定,指挥他们带上家当、乘着船驶离了这一带,往处于太阳底下的国度去了。很快村民们都走完了,这里只留下了拿哈一人。

拿哈还在这块土地上转了转,怕有人没跟上队伍,最后他确定大家都已安全离开了。这时候信天翁和海鸥都在鸣叫,褐色风暴鸟看到浑身长毛的海底人一个个从海底冲了出来。这时候死寂充满了天空和陆地,到处都是黑暗,海上飘起了大雪,瞬间波涛汹涌的海面结成了冰。第二日,一片冰晶上闪耀着阳光,拿哈拿出了海贝,慢慢贴上嘴唇,吹响了最后的号角,唤来了七星之下的冰寒。

世界瞬间安静,所有生物都回归沉寂,四周静得可怕,这时只剩下了想要冲上陆地追杀陆地人的海底人。一棵棵树木都长出了尖角,慢慢变黑,最后变成了鬼一样的惨白。凌厉的鬼风怒吼着,咆哮着,压碎了所有挡住它去路的东西;海中冰块上下浮动,封住了整片大陆,白色的高墙一座座在山丘上立起。

看到这里,海底人认为自己就是这一带的霸主了,都十分高兴。过了一会儿,他们就开始惧怕着雪白的世界了,这里只有不断变厚的冰和阴暗的天空。他们这时想要退回到海里去，可是身后已经没有海了，有的只是正在蔓延的覆盖了白雪的厚厚冰块，耳边能听到那呼啸的狂风，一点没有海底的那份宁静，只有来自白色死亡的沉寂。海底人为了取暖，都躲到了石头下的洞穴中，但并没多大用处，冷气深入骨髓，他们不停地颤抖。所有海底人夹紧胳膊，抱起双腿，越贴越近，缩成了很小的一团。渐渐地，他们再也无法拥有在海底时人的形态，天寒地冻，他们都变成了海豹。

这一切发生的同时，勇士拿哈丝毫不畏惧死亡，依旧站立在那里。等到大寒过去，族人们又回到故土，拿哈才躺在沙滩上死去——他把双眼睁得巨大，确认海底人再也无法进犯陆地时才开始永远的长眠。要是海底人还敢再犯——勇士拿哈便会吹响号角，让恐怖的白色死亡来惩罚他们。

邪恶法球

一个长了冷眼的女巫住在深山中,每年第一场雪开始下的时候,她都会因为寒冷天气的到来而开心得不得了。那时候她会站在石头上,一边摩拳擦掌一边在大风中咆哮。冬天的月亮是她最喜欢的,那时候她欢听呼啸而过的狂风,看那皑皑的白雪堆上枝头,山谷和野外被白雪覆盖,山河冻结成冰。她之所以那么高兴,是因为冬天是她捕猎的季节,每当她看到铅灰的云、呼啸的风就会开心得手舞足蹈。然后夏天一到,她就只能一边睡觉一边等待着冬天的到来,密切观察着四周,一直等天慢慢冷起来,等天气一转冷就准备捕食冻僵的动物——在它们还没抵达温暖的低

邪恶法球

地之前。

女巫脸上长满了皱纹,犀利的目光,薄薄的双唇,树根一样的双手,那粗糙的皮肤连小刀和箭头都无法穿透。因为她能施展魔力,所有住在乡下和海边的人都十分憎恶她,她用一只魔法球就能神不知鬼不觉骗走一个个小孩子:每个人看到了那个闪闪发光的魔法球都会喜欢;女巫把魔法球放在孩子们喜欢去的地方,但大人们都看不到。

一对兄妹一天来到了奥莱塔湖边,在一个小山丘下,一个亮晶晶的魔法球进入了他们的视野。妹妹娜塔莉亚一看到闪闪发光的魔法球,高兴坏了,想跑过去捡起它抱回家。但是每次魔法球快被她碰到的时候,就动了起来,然后滚出去很远。娜塔莉亚非常吃惊,但还是追着球跑,因为她仍然不想放弃。可是每当球快要进到她手里的时候,球又会滚远。就这样,每次快要抓到的时候。魔法球都会像蒲公英一样飞走了。娜塔莉亚追着球跑得越来越远,就算有几次手碰到了但也还是抓不到。哥哥路易紧紧跟在她的身后,害怕妹妹跑远了。令人感到奇怪的是,魔法球又会在有着一方甘甜的泉水或者挂满浆果的灌木丛边停下来,两个孩子总能稍微吃点喝点补充体力。更令哥哥奇怪的是,妹妹娜塔莉亚从来感觉不到累,弹跳的魔法球不论滚多远,她都能追上。但是,这对兄妹并没有感到时间过得飞快。其实已经过去的几天感觉就像几个小时的光景，感觉一片云飘过的时间其实是过了一个晚上。

娜塔莉亚和路易追着魔法球来到了一处山谷。有一处阴冷的山谷坐落于此，山谷里飘着铅色的云，奇科河流过山丘之间，碎散的石块落在两岸，他们刚到了这里，天空就飘起了大雪，这里还有很多积雪。眼前的景象把两个孩子吓住了，一直跌跌晃晃跟着魔法球，现在都不知道到了哪里。

现在，滚动的魔法球变慢了，孩子还能跟上。山里几乎看不到阳光，这里空气冷极了。最后，魔法球滚到了一块石头旁边停了下来，这可把两个孩子高兴坏了。娜塔莉亚捡起了漂亮的魔法球看了好久好久，她刚想开口说话，小球就像泡泡一样破碎了，这可把她伤心坏了。路易看见妹妹难过的样子，连忙拉起她的小手开始安慰她，结果一摸到她的手，就觉得十分寒冷。立刻哥哥就带妹妹躲到一条大裂缝，那里十分暖和，长满了苔藓，没有一丝风。娜塔莉亚蜷缩着身子，没过一会儿就进入了梦乡。路易想等妹妹休憩一下就找条路回家，于是坐在妹妹旁边放哨。但是，没过一会，他也困得要死，心里感到十分难受。为了拼命让自己保持清醒，他为了支撑着自己的眼皮，用双手顶着，盯着山头看了一边又一遍。就算是这样做了，还是没有起作用，在树叶莎莎的飘落声中，听到了对面的山头传来了若有若无的低语,他很快睡着了。

娜塔莉亚睡在了背着风的缝隙里。她在梦中回到了家,妈妈在帮她梳头的同时给她唱歌。她丝毫没有感受到饿意,一点都没有感到疲倦,之前眼中那块光溜溜的石头消失了,那白雪皑皑的山峰也消失了。家中墙上的温暖火光在她眼中闪耀,看到爸爸正在那里修理着马具,火光把他那古铜色的脸庞照得发红。而哥哥嘴唇红如樱桃,头发漆黑发亮。但是很快,她感到妈妈不像是在梳头,而是在拽着她的头发,越梳越疼,疼得她从梦中醒了过来。顶着山上吹来的寒风,她觉得自己都被冻僵了,这时候她突然发现自己原来在山顶上。令她感到害怕的是眼前正站着那个住在山里的老巫婆。她用那像鸟类爪子一样的食指指着群山。

妹妹娜塔莉亚感到好像一块大石头压在心上,想要站起来,可是就是动不了。原来在她睡着的时候,巫婆一边施着魔咒一边拉扯着她的头发,女孩连头都扭不过去,因为头发长进了石头里,只能往前面伸几下手臂。看到路易就在自己的身边,她就开始急喊哥哥的名字。但是这时候的路易只是站在那里,张开了双臂,好似是在黑暗中用手寻路一样。看着哥哥现在这个样子,妹妹大哭,她怎么会知道是巫婆下了魔咒,立了一道透明墙在他们两个之间,无论哥哥怎么努力,都过不来。但巫婆尖锐而嘶哑的歌声传到了路易耳中：

"碎石块遍山谷，
呜咽风声存谷中！
凡人呐，凡人！
快来吧！
山谷寒冷且纯洁，
冬夜永存山谷！
孩子呐，孩子！
快来吧！
箭头一直长又直，
这里寒冷且阴暗，
凡人的孩子呐！
快来吧！"

这些歌刚刚唱完，她就停止了，举起那树根一样的手指。一只巨型猫头鹰在不远处叫唤，歌词接下去唱：

"阴暗之事，无名之物，
拯救我们远离视野和火光。"

瞬间这里只剩下了黯淡的星光。山顶上闪烁着光芒，猫头鹰不再言语，那是一轮皓月。一阵雷声不期而至，女巫和黑色的石头融为了一体，猫头鹰挥动了沉重的翅膀。

"哥哥,"女孩小声地问,"猫头鹰唱了什么你知道吗?"

"我都听到了,妹妹。"

"哥哥,我害怕极了,你快过来好吗?"娜塔莉亚说着说着,泪水就在眼眶中打转了。

"妹妹,我也很想到你这来,可我怎么也过不来啊。有什么东西好像堵在我们中间了。我穿不过来,但我看得见你。"

"你可以爬过来吗,哥哥?"

"我尝试过爬过来,然而这堵墙会越长越高……我爬不过来。"

"哥哥,你能从石头那边爬过来吗?这里只有我一个人待着,我又冷又害怕……"

"妹妹,周围我都看过了,无论是翻还是爬都过不来,毫无办法,但我会一直待在这陪伴你,不要怕。"

娜塔莉亚听完这些,用小手捂住脸小声哭了起来,哥哥看到她脸颊的泪水马上变成了小冰珠,心痛极了。这时,妹妹一边抽泣,一边说:

"哥哥,猫头鹰的话你有听见吗?"

"听见了。"

"是什么意思你听得出来吗?"

"如何理解意思呢？"

"听我讲，"娜塔莉亚说，"刚刚它说了：拯救我们逃离太阳和火光。"

"娜塔莉亚，我也听到了。这如何理解呢？"

"哥哥，我认为它是在告诉我两个，火会让这个阴冷山谷里所有的东西害怕。哥哥，你快走啊，先不要管我了，去找火源，找到火后马上返回。如果你走得太久，我就会感觉十分孤单和害怕……所以立马去立马回啊！"

路易听了妹妹的话，感到十分伤心，因为他可不想把妹妹一个人丢在这里。但是妹妹仍是在催促他："哥哥你快走啊！快走！"

正当哥哥犹豫不决之时，一只秃鹫从天而降，飞过他身边的碎石，低声说："火焰能征服寒冷和死亡。"

"哥哥你快听，"娜塔莉亚说，"快去找火吧，天黑之前一定要回来啊。"

路易不敢再稍作停留，刚刚和妹妹道别后就从山谷出发了，跟着低空飞旋的秃鹫跑了出去。路易知道秃鹫会带他去找火种，他就跟着秃鹫跑到了一处多处水流交汇形成的湿地，旁边还有一条河。

在山丘的另外一边，十分温暖，他发现了一座用黄泥和石头堆砌而成的简陋房子，周围没有一个人。秃鹫越飞越高,最后在空中变成了一个小黑点,路易想知道待在这里会发生什么,于是他推开了房门:房间里一片烟雾弥漫,有人貌似打理过这里的壁炉,因为里面的灰烬堆得十分整齐,火焰还蹿得很高。路易觉得房子的主人很快就会回来,于是就跑到外面打了点水,拾了点柴,柴被他整整齐齐地摆放在了火堆边,他吹掉余烬,添上了新的柴火,火烧得比之前更旺了。他自己用树枝做了一把扫把,把里面打扫得干干净净。

路易并不知道屋子的主人回来了,等他回过神来的时候,老人已经在椅子上坐下了。他看了看四周,没有说什么,就是点了点头,然后递给路易面包和巴拉圭茶。路易正吃着,老人突然就说话了:

"白女巫十分邪恶。就只有一个办法能打败他。这个方法是什么呢?孩子你想一想。"

路易这时就想起秃鹫的话,就说道:"火焰能征服寒冷和死亡。"

"对,就是这样,"老人一边点头一边慢慢说道,"你妹妹还在她手中。我们的秃鹫朋友飞回来了。它看得很远、知道得很多。"

"她感到呼吸困难,而且越来越冷了,

火焰能征服寒冷和死亡。"

刚说完这句话,秃鹫又开始尖厉地鸣叫了。

秃鹫还没飞远,就有一只火鸡摇摇晃晃地跑了出来。老人重复了之前秃鹫说过的话,并递给它一块燃着的木柴。

火鸡叼着木头跑出去很远,路易和老人看它笔直穿过了沼泽地和灌木丛,前面是一片很浅的咸水湖,他们却看到火鸡没有停下脚步,而是很快地冲过水面,水花溅得到处都是。火鸡把火把举得高高的,可惜还是举得不够高,火把很快就被溅起的水花扑灭了。秃鹫看到这些,马上飞回屋中,往老人脚下扔去了那根黑色的木棍。

"再让我试一下吧。小女孩已经冷得不行了。"火鸡说,"下次我绕开湖面走。"

"不可以,不可以。"老人说,"你要明白火王一旦被水精灵亲吻,就会立刻死去。为了让你记住,今后水会永远沾在你的羽毛上。"

秃鹫再一次从天而降,它身后跟着一只鹅,很是笨重地飞着。秃鹫唱起了以前的歌:

"她十分寒冷,无法呼吸,

火焰能征服寒冷和死亡。"

一唱完就飞了回去。

老人将一支燃烧得很旺的火棍递给了鹅,然后这只勇敢的鸟儿就出发了,一直朝女巫所在的山头飞去。它飞过了湿地、飞过了盐水湖。这时候,它的喙都快被火棍上的火烧到了,所以它立马落在了一个山顶上,火棍被丢进了积雪,然后它休息了一会儿。当它再次找到被烧焦的木棍的时候,伤心极了,只能衔着木棍飞了回去,请求老人再给它一次机会。

"不可以,不可以,"老人说,"火王的致命天敌就是雪花女王之吻,这一次你可要长记性。为了让你记牢,今后你的羽毛一直都是煤炭色。呀,秃鹫回来了,让我们听听它那怎么样了。"

鹅再次起飞了,烟灰色成了它羽毛的颜色。秃鹫低空飞旋,歌唱:

"女孩呼吸更为困难,
到了晚上必定冻死。"

它一唱完就飞远了。

秃鹫刚飞走,长喙长腿的火烈鸟就赶了过来。

"你的喙虽然很长，"老人说，"你也得飞得快。我这小木棍有点短，你一定要赶快。"

火烈鸟立即衔上火把，直接朝着女巫山的方向飞去了。路易下定决心跟随火烈鸟，他像小鹿一样奔跑。有只鸵鸟看到了他，挥动翅膀和他一起奔跑。路易把双手放在了鸵鸟背上，他骑着它，速度快极了，简直比风还快。火焰已经燃到了火烈鸟的脖子这，接着火烈鸟的前胸也被烧到了，它全身发红发热。但是它毫不在意，没有停止它的脚步。它一直飞进了山谷之中，飞到了娜塔莉亚所在的那块石头旁边，把火把扔到了一团干燥的苔藓上。火焰冲上了天，一声巨响，石头碎成了无数块，女巫的魔咒就这样被破解了。娜塔莉亚一下子精神了起来，她用柔软冰凉的手轻轻拍打火烈鸟的胸脯，那被烧伤的伤口瞬间愈合了，但那一片火红却永远留了下来，直到今天我们还能看到，这是它勇敢的象征。

自此之后，娜塔莉亚和路易在山谷中生活了许多年，各色各样的动物和他们的子孙后代一起玩耍，再也没有出现过邪恶女巫和她的魔法球，那个传说只留在了这里人的记忆中。

花蜜换来的故事

"早晨好呀！美丽的小花儿！"

"是，早晨好，小蜂鸟！"

"我今天能吃点你这儿的花蜜吗？"

"当然可以，你瞧这有蛮多呢，想吃多少都行。"

"谢谢，你真是太好了，漂亮花儿，请问我可以拿什么来感谢你？"

"因为我在这里不能动，所以知道的事情特别少，但是我最喜欢听别人给我讲故事了。我非常想听你讲关于你这一身漂亮衣服的故事——每次看见你从我眼前飞来飞去我都会猜你这身漂亮衣服是哪里来的。"

"你想听？奥，让我思考一下，哦，大概，是由于老鼠从中帮了忙，我才能拥有了这身衣裳。"

"老鼠？这像话吗？小蜂鸟，你是不是记错了？我们都知道老鼠全身要不是灰，就是黑。"

"这样啊，如果不是老鼠给我的话，那么就是泥巴了。"

"小蜂鸟呀，你一定是搞错了吧。能歇一下吗，别老是嗡嗡嗡的，再好好想一想吧！"

"对对对，想起来了。一定是美洲豹送我的。"

"小蜂鸟，这下越来越不靠谱了，你说的是巨大的美洲豹吗？我没有听错吧。"

"难道也不是这样子的吗？嗯，那就是老鼠、泥巴和美洲豹他们几个一起送我的。对，一定是这样。这蜜真的好好吃呀。"

"哈哈，你说我的蜜甜我顿时就感到心情愉悦，但我们还是回到正题，讲讲你这身漂亮衣服的来历吧。"

"对哦。嘻嘻。我就光记着吃花蜜了，都快把这事忘了，要想的事情简直太多了。啊，是这样子的，对对，我终于想起来了，这次真不会有错了，是昨天鸽子帕洛玛跟我讲的，但时间已经一天一夜过去了，要讲清楚真有些许的难度了。"

"快,趁现在你还没有全部忘记光,和我讲讲吧。"

"哦,好的,你听说过吗?很长时间之前,我们所有蜂鸟都是灰色的。"

"是的,这个我是知道的。"

"有头美洲豹步履轻快地穿行在森林里,一不小心踩翻了一个鼠窝,把里面的所有小老鼠都踩死了。"

"天啊,他们真是太可怜了。"

"当鼠妈妈回到家,看到这一幕,真谓是气到不行,开始抱怨美洲豹个头太大,走起路来毛手毛脚,所以才看不清到底要往哪走。"

"鼠妈妈她一定很是生气。小蜂鸟,我时常会想,要是老鼠和美洲豹,还有那些各色各样的动物,都只能在原地一动不动,那该多好啊。就是因为它们到处跑,到处跳,才会发生这么悲惨的事情。如果花草树木如同动物似的东奔西跳,那些带刺的灌木就会刺伤娇柔的花朵,划伤细嫩的葡萄皮。我要是作为这里的国王就好了,我就能立下如下的规矩:森林里所有长着四条腿的生物都要和我们一样,站在那里一动不动,还要……"

"请不要打扰我讲,你这样打断我,我都不知道后面该怎么继续了!"

"不好意思啦,真是太对不起,那你接下去讲吧。"

"美洲豹最后还是原原本本地跟鼠妈妈讲了事情的始末，说他感到十分抱歉，以后会十分小心的。但鼠妈妈还是把他骂了一顿，牢牢记在心里，要找到机会，今后一定要好好地惩罚他。"

"可是美洲豹致歉了，这还不够解气的话，我认为……"

"小花儿呀，说实话，你听我全部说完吧。你完全不会了解要完整讲完一个故事是有多难，所以不要在中途插嘴了。一天的午后，趁着美洲豹在呼呼大睡之际，一只老鼠爬到了它的身上，把从树上收集过来的树胶粘住了美洲豹的双眼，还用泥巴在外面涂了一层又一层，形成一层树胶一层泥巴的甜点夹层状。这样被糊住之后，美洲豹都分不清白昼与黑夜了。"

"天啊，这可太可怕、也太过分了。我现在同情美洲豹哩。但是，小蜂鸟，你还是没有讲到你那绚丽多彩的漂亮裙子怎么拿到的啊。"

"很快就要讲到裙子了呀，你这不是又多嘴了吗？这下，分不清白昼跟黑夜的美洲豹开始咆哮，一刻不停地咆哮着，就算是咆哮得很小声，也会吓着很多动物，连那三角洲里的鳄鱼都感到畏惧，潜到了水底躲进了深水湾。听到一声声的咆哮，蜂鸟飞过去问美洲豹怎么了。"

"蜂鸟很善良。那美洲豹说了些什么?"

"他把事情的经过原原本本地和蜂鸟讲了一遍,请求他帮忙杀掉那只老鼠。但蜂鸟并非愿意这样做。"

"当然不答应了。我可没有杀掉过老鼠。"

"之后美洲豹说,要是能帮他去掉眼睛上的树胶和泥巴,让他重新见到亮光,他就会竭尽全力报答蜂鸟。因此,你看,小花儿,美洲豹其实很聪明,因为他到过许多地方,见多识广。"

"这可不能这么说。一整个夏日我都在这疯狂生长,也走过不少的路了,但是我懂得的还是不多。"

"你和我们不同。没人会需要花儿变得聪慧,你们只要负责漂亮就足够了。"

"是这样吗?"

"不过请你还是先听我把话讲完,不要老是打断。"

"哎呀,小蜂鸟,对不起,我又插嘴了。"

"之后,蜂鸟告诉美洲豹说,她梦想着要一身艳丽的裙子,像太阳鸟那样闪闪发光的迷人的裙子,而且还问了美洲豹怎么才能让裙子变得五彩缤纷。美洲豹还没有及时开口,蜂鸟又问美洲豹,那些藤蔓如何能开出红色、黄色和紫色的花。"

"这个故事真是好有意思哇。后面还有发生什么吗?真希望还能接着听下去。还有就是，美洲豹知道问题的答案吗？"

"是的。美洲豹一字不漏地对蜂鸟讲道，花儿的每种颜色都是从五彩多姿的泥土中汲取的，还告诉了她哪里有花花绿绿的泥土，哪里有璀璨的金子、发光的银子和闪亮的红宝石。听完这些后，蜂鸟帮美洲豹一口一口啄掉了他眼皮上粘的树胶和泥巴，美洲豹终于又能看见天日了，于是开心地嘶叫着。这日，美洲豹帮蜂鸟一起搜集了各种颜色的泥土，还有那多彩的沙子、灿烂的金子和银子，除此之外还有剔透的红宝石和猫眼石，那些宝石中带有落日浸染天空的红晕与湛蓝，带有浩瀚星辰的金黄光辉，带有郁郁嘉木的鲜嫩葱绿，还有黑檀木那样的乌黑色泽。蜂鸟用这些努力地打扮自己，还用蜘蛛的精致丝线装扮了如精灵一般灵动的翅膀。蜂鸟一身魅力万分的衣服就是这么来的。故事到此就结束了。"

"这个故事真是太棒了。谢谢你，小蜂鸟。你讲得非常动人。"

"小花儿呀，我同样也感谢你招待的花蜜。"

"好，你这是要飞走了吗？下次见！"

"嗯，可爱的小花儿，再见哇！嗡嗡嗡…"

邪恶之源

没有人会喜欢森林中的厄尔·厄阿诺：黑暗处是他最喜欢躲的地方，每次会在伐木工从他面前经过时，扑到他们身上拼命地打，然后抢走他们的食物。他平常就蹲在那里，牙齿东倒西歪，皮肤黄得可怕，连胳膊和腿都是歪的，五官又缠在一块。他有时候走起路来手脚并用，身上的长毛披到了地上，望过去就像多出了几条腿，像一只大蜘蛛。而当他全身缩起来的时候，像一个丑陋得不像话的孩子，干巴巴的皮肤，又似套了一件烂衬衫。

丑并无大碍，但是做出过分的行为人们就忍受不了了。最令人厌恶的就是他还会在漆黑无比的夜晚躲在房子周围，不发出一点声响，盯着歌唱说话的村民。屋子里的人什么都没有感觉到，直到有人出来要去泉水边打水的时候，他就神不知鬼不觉地跳出来，抓住别人的头发猛咬猛打。只有等他实在挠不动，抓不动了，那个可怜的人才能赶回屋子里。但等他刚想打开门跑进屋内的时候，厄尔·厄阿诺就会马上单脚蹦跳赶上来把那人痛击一顿。这时的人是那么可怜，就算他大声呼喊也毫无作用，因为厄尔·厄阿诺在附件施了魔法，叫破喉咙都没有人能听见。

令人非常厌恶的就是他会躺在路边，突然伸出那可以随意变形的橡皮手去抓路人的脚踝，作弄他们。还有的时候他会模仿下冰雹和下大雨的声音，屋中的人们一听到这声音就会立马跑到窗边观望，他就会从暗处窜出来贴着他们的脸庞，睁着那像红宝石一样的血红色的眼睛，张嘴大笑，身上的长毛被握在手里，看上去像是可怕的窗帘。这一幕真是太恐怖了，特别是待在家里一个人的时候。就算他离开了窗户有段时间了，也不能高兴得太早，因为他会在你家的院子里跳来跳去，大声嘶叫，把东西丢得到处都是。他在的地方，都会把人吓跑。

一天清晨，一个独自居住的老妇人出门去采摘浆果。厄尔·厄阿诺看见这一幕后，立马把自己变得和婴儿一样大小，跑到了光溜溜的两棵树的中间，然后躺在了苔藓上。时不时哼唧两声，假装自己睡着了，还在做噩梦一样。

善良的老妇人虽然眼睛不好了，但是他的听觉还异常好。她立马循着声音，抱起了正在低声哭泣的厄尔·厄阿诺。可是厄尔·厄阿诺即便外貌变小了，但体重还是和以前一样重，老太太深深地弯下腰，用尽力气才能把他抱起来。

"小娃娃真可怜，"她说，"你被谁丢在这里了！还是……你这个粉嫩的小家伙被什么动物从家里带了出来？就让我来照顾你吧，待在这里说不定一会就会没命的。不过，你可太重了，这么重的小孩我从没有抱过。"

老婆婆自己并不富有，也没有子女。但是她可善良了，她很愿意收留这个无家可归的孩子。她温柔地把这个小家伙抱回了家，在火堆中添了几根干柴，并用小木枝给小家伙做了一张床，还铺上软绵绵的羽毛垫。完成这些，她又拿来牛奶和面包给小家伙吃。老婆婆十分开心，因为她今天从险恶的森林拯救了一个小生命。

刚开始他看到小家伙胃口很好，开心极了。她找来的面包牛奶很快被厄尔吃得一点都不剩，厄尔一吃完就大哭起来，还想吃。

"天啊，这宝宝一定是饿坏了，"她说，"那我的这份晚饭也给你吃吧。"老婆婆拿来那份自己吃的晚餐，厄尔很快又吃完了，但还是没有吃饱，还想吃。于是老婆婆为了去找吃的就出门了，西边要一点面包，东边借一点牛奶，一些朋友给了她一些米，这个村落的所有孩子在当晚都没有吃饱。这个捡来的小家伙一直吃，一下子就吃完了老婆婆找来的食物，但是他还是大叫着要吃东西，他的叫声震耳欲聋。他越吃越多，身子也越来越暖，个头也变得巨大。

"天啊！"老婆婆说道，"这也太奇特了！就一会儿，一个小娃子就变成了一个小孩！虽然长得很丑，但我猜是因为被妈妈丢在野外没人照顾的原因吧。"刚想了一会儿，老婆婆就觉得很惭愧。但是她还是不由自主觉得他很丑，就想要为他多做些什么。这个丑东西，吃饱喝足后，咕咕了两声，倒头就睡，还响起了很大的鼾声。

第二天糟糕坏了。厄尔·厄阿诺在壁炉旁伸了个懒腰，一起身就变回了他原来的样子，一看到老婆婆就开始大喊要吃的，那声音大得可怕，连窗户都在颤抖，整个村子都听见了。这时候房中已经没有什么能吃的了。老婆婆为了稳住厄尔，就出门告诉了邻居们这件事，看看他们是否有好办法。邻居们一听说了这件事，为了到老婆婆家看热闹，都赶了过来。这时候人群中有一个勇敢的人，他告诉厄尔说："你该走了。"厄尔听到后，扬起了那丑陋的嘴角，发疯般地笑了起来。

"当然可以，把吃的给我拿来，"厄尔一边用那红得像要滴血的眼睛盯着他,一边说,"我说过,快把吃的给我拿来,我一吃饱就走。别把那些小孩子吃的东西拿给我吃了,直接拿十几份大人吃的给我。烤整猪、烧鹅、烤狍狳、鸡蛋这类我都要,再来二十头奶牛挤的牛奶,就先这样吧。动作麻利点,我可等不住,你们也无法管我会干什么。"

厄尔闹腾的时候,没有人喜欢。屋内的桌子、凳子、椅子、锅碗瓢盆全被他砸碎了,砸完了老婆婆家,又去隔壁家继续砸,这样他还不过瘾,他甚至走到院子里,把里面种的花连根拔起,把鸡和狗都追出了墙。而且这时候给他端上来饭,他也不消停,总是一瞬间扑到食物面前,开始狼吞虎咽,吃得不剩骨头和渣子。

这一幕可把村民们吓坏了,村民都开始小声商量对策。厄尔刚吃完,那个勇敢的人再一次站了出来,上前说,"好了,你现在也吃饱了,也闹完了,那么就请你信守承诺,远离这里吧!不要再找这个老妇人的麻烦了!"

"不可能!不可能!!不可能!!!"厄尔开始吼叫,一声比一声响。

"你要信守承诺。"

"我都说了,我吃饱了会走。我还没……"

那个勇敢的人打断了他的话,说:"你都吃饱了。"

然而厄尔的回答真是太可恶了。

"是啊,这一顿是吃饱了。"凶残的厄尔说,"但是你们并没有明白我的意思,我的意思是每顿都吃饱才会走。这次是吃饱了,那明天呢,还有明天晚上呢。还有后面很多很多日子呢。每一年每一月每一周里的每一天我都要吃饱!你们太笨了,我说吃得饱你们都信!傻子才会走,我可不走!"

话刚说完,笑容又浮现在这个丑陋家伙的脸上,他还抓起身旁的东西往地上扔。很多东西都被他摔碎了。

三天下来,他都是这样。第三天的时候,村里的东西都快让他吃光了,但是村民们还是没有办法。老妇人看到这里,走到了一个没有人的池塘边,默默流泪。她一开始是出于好心,可结果却是她万万没有想到的。原来她那打扫得干干净净,凝结了她一番心思的房子,一时间被这个家伙给毁得体无完肤。忽然,一个陌生的声音传入了她的脑海中。老妇人转过头,一只银色的狐狸站在窗外的石头上。

"哭出来吧,你会舒服得多。"他说,"不过最好的还是开心地笑一笑。"

"晚上好啊,佐罗先生。"老妇人抹去眼泪,说道,"但是你看看,村里的食物被这个可恶的东西吃得一干二净,怎么会开心呢?我的这么多朋友都受到了连累,这气又怎么消得下去!"老妇人看到朋友们无精打采,自己就更难过了。

"所有的我都知道,你不必说。"狐狸说道,一边歪了

邪恶之源

下头,这会儿看过去像一条正在微笑的漂亮小狗。

"我真的是束手无策了,我如今还能做什么吗? 这家伙说只要吃饱了就会离开。可你看看,即便走之前,他都不会消停!"

"这问题就在于,你虽然给够了,但还远远不够。"

"什么? 还不够多? 已经够多了! 我们给了他所有的!"老妇人气坏了。

"表面上是这样的,但你们如果想让他走,就必须给他那些他不喜欢吃的东西,这样他马上就会走。

"说得很简单。"老妇人变得更加激动了,"我们上次给他吃不喜欢的东西,结果他又吃了相当于之前十倍多的东西才肯消停。佐罗先生,你是很聪明,但给我们的方法还不够精明。"

狐狸开始深思。过了好长时间,他走到老妇人面前,看着她的脸说道:

"不用担心。他今晚一定会吃饱的。你只要保证你的邻居按我说的做就好了。如果我说的和做的不一样,随便你怎么怀疑我。"

善良的老妇人最后还是相信了银狐狸的智慧,并承诺道会让她的所有邻居都按照他的方法去做。然后他们一起回到家中。走到村中,厄尔·厄阿诺像一头死猪一样,每隔几分钟大吼一声,还四脚朝天地躺在地板上。这天厄尔还玩出了新花样:揭房顶。村民辛苦搭建的房顶一个个被他揭了个遍!为了让他停止这么疯狂的行为,村民们只要答应给他双倍的事物。他一吃完又干了很多坏事,让村民们又害怕又气愤。

不到五分钟,银狐和老妇人就回到了村中。村民找来了各色各样的食材,里面有:犰狳、浆果、鸡蛋、山鹌鹑、火鸡、面包,还有湖中的鱼。鲜香的草茶也出现在了妇女们的手中。吃的喝的立马一应俱全,厄尔·厄阿诺立即贪婪地大吃起来。

狐狸看了他好久,才说:

"你胃口真是太好了,我的朋友。你这样吃下去,村民和我还能吃什么啊?"

"你们就吃我剩下的。"厄尔·厄阿诺说。

"希望我们的胃口少得可怜。"狐狸说。

不到一会儿,狐狸变得十分狂躁,一边抱怨村民的待客态度不好,一边在屋中跳来跳去。

"你看看自己,有这么对待客人的吗?一个人吃饱了,另一个却要饿肚子。我是不是什么都吃不到了?快啊,烤烤土豆也行,给我拿点来,不然我就要发飙了。我闹起来,可比他厉害多了。"

村民都知道这是一个计谋,所以立马跑去寻找土豆。狐狸教他们壁炉上烤制土豆的方法:木柴的灰烬里塞进土豆,上面再放上热碳。狐狸让每个人都尝了一个烤完的土豆。这会儿正在啃骨头的厄尔·厄阿诺听到狐狸一开始说自己根本不喜欢吃土豆。但是在人们一开始吃土豆的时候,狐狸就小声和人们说了悄悄话——不过都被厄尔·厄阿诺听到了:"嘘!别出声。千万不能让厄尔·厄阿诺知道土豆有多好吃。如果他要吃,就跟他说已经没有了。"

"好啊,好啊,他不会知道的。"人们纷纷应道。

厄尔·厄阿诺立马起了疑心,盯着人们看。"快拿土豆给我。"他说。

"土豆已经没了。但你可以尝尝我手里这一个。"狐狸边说边把烤土豆扔向了厄尔·厄阿诺,厄尔一接住就立马塞进嘴里。

"啊,真香。"他咆哮道,"还要!我还要!!还要!!!快拿给我!!!!"

"真的吃完了。"狐狸大声说完,又跟身边几个人轻轻地说,"千万别说壁炉里还有土豆。"故意让厄尔·厄阿诺听到了。狐狸当然知道壁炉里什么都没有了。

"啊!我都听到了!"厄尔·厄阿诺大声咆哮,"壁炉里还有土豆!都给我拿来!"

"这就没有办法了,全部给他吧。"狐狸一边说一边把火红的热炭扔给了他。

"都给我让开!"厄尔·厄阿诺一边吼叫,一边用手去抓狐狸手中那把他以为是土豆的火红热炭。厄尔立马将炭块吞下,疼得在地上打滚,痛苦地大声嘶喊。这时候他的胃中有炭火在疯狂燃烧,他痛苦得一下子冲出了屋子,跳到了小溪中,冰凉河水被他灌进了肚子。这么多的河水一到胃中就化为了扑腾的水汽,厄尔这时候膨胀得越来越大,然后炸成了无数块碎片,爆炸的声音响彻云霄。

兄弟皆英雄

很久很久以前,一个母亲养育了一对双胞胎儿子,这对兄弟长得一模一样,连亲生母亲都分不清。所以胡那普一直头戴血红色的羽毛,而巴兰克则戴一根蓝色的。

两兄弟渐渐长大。他们经常在丛林间戏耍,奔跑在原野上,畅游在湖水中,逐渐认识了很多动物,还和小动物们一起玩耍。一天回家路上,他们发现一只小美洲豹跟着他们,这可太神奇了。他们还知道鸟儿会把巢穴筑在哪里,只要轻轻叫唤一下,五彩缤纷的鸟儿们就会应声而来,停在两兄弟的手和肩上。两兄弟的身边,不会有动物发生争吵,连一起养大的小猫小狗也不会。

这里的野生动物自小和兄弟俩一起长大，而且经常一起玩摔跤，所以两兄弟练就了强壮的身体和风一样的双腿。如果哪天他们想看秃鹫的窝，就会爬到悬崖上去，他们爬起树来像灵活的猴子。当然，他们还会钻入碧绿的湖水中，捡来湖底的贝壳和美丽的鹅卵石，这对他们来说就和在陆地上一样简单。两兄弟之间会一边欢笑，一边互相比赛，比完就一起坐在湖边的沙滩山，一起沐浴阳光，他们并肩而坐的时候，会将目光投向很远很远，想象远方会有什么。

　　父亲在他们很小的时候就教他们使用弓箭和长矛。教会了两兄弟后，父亲就为他们各制作了一顶头盔和一块银质胸牌，它们在阳光下亮得耀眼。时间随风而逝，兄弟在丛林间漫步的时候，会碰上同龄的人，他们也有自己父亲做的头盔和银质胸牌。而且他们也会弓箭和使用长矛。这一带总共有四百个这样的男孩，领导这四百个人的正是胡那普和巴兰克这对双胞胎。四百个男孩一起奔跑、游泳、比赛射箭，大家很快就相互熟识。所以他们相互承诺，如果他们中的谁遇上了麻烦，就吹响号角，兄弟们都会过来帮忙。不过，他们可不是游手好闲的人。四百个男孩都有自己的专长，有的画画一流，有的精通长笛，有的木工活做得超好，有的还能打造铁器。

　　有一天，胡那普和巴兰克为了采果子去了森林，看到一对老夫妻从前面走了过来，他们哭得十分伤心。看到了穿着银盔甲，手里拿着弓箭的两兄弟，他们就呆站在那，一直都没有说话。两兄弟便问起来他们的来历，他们就和两兄弟讲了家乡那的生活。三个可怕的巨人住在那里，他们烧杀掠夺，经常毁掉村民的房子，吃掉牛羊，还胡乱杀人；石墙对他们微不足道，他们还经常弄走泥土改变流水走向或者把树连根拔起。但是他们是巨人，有着巨大的力量，弱小的村民根本没有办法。

两兄弟听完这些后很是迷惑。他们之前坐在湖边想象远方生活的时候，水边就传来过微弱但奇怪的噪声，那时候他们以为那是远处的雷声，可现在听这对老夫妻一说，他们开始察觉事情远远没有想象中的那么简单。于是胡那普走到了一块开阔的平地，吹响了号角。那四百个男孩从四面八方赶来，弓箭和长矛是每个人必备的，护胸和头盔在阳光下熠熠闪光。想象一下，一队身强体壮的小伙子整装待发会是什么样子。他们聚集在这里，背后是幽绿的树林。除了四百个小伙子，平地上还有他们的动物朋友：铺天盖地的蜂鸟、美洲豹、羊，还有傲冷的羊驼。集合完毕后，他们就成群结队地出发了。

老夫妇跟这支队伍讲述了他们族人的故事，讲到他们的子女被两个巨人抓走了。一个两眼发光的男孩站了出来，大声说道，一年之内一定取下巨人的首级，一听到这句话，整个队伍都士气高涨。那个男孩子接着说：

"我们快启程吧！去找那三个坏蛋！"这话刚说完，四百个勇士就开始摩拳擦掌，准备出发。但是，他们不能全走，必须留下些人看家做事，所以领头人提议二十名勇士先走。但是这四百个勇士都想先踏入这一场冒险。巴兰克看到这里，就先建议他一个人去看看，但是剩下的所有人都想跟随他去。最后大家决定所有动物朋友哪个先和他们的主人会合，他们的主人就跟巴兰克一起去巨人之地。刚刚商量定好了方案，几乎所有人都开始用自己的方法召唤自己的宠物。各种各样的动物从四面八方赶来，有从天上来的，有从树丛里蹿出来的，有的一蹦一跳，他们立马来到了自己的主人的身边，一片热闹的景象。胡那普的脖子被一头羊驼用鼻子碰了碰，紧接巴兰克的那只鹿跑到了他的身边。这样，双胞胎兄弟脱颖而出，大家没有任何的异议。当晚，四百个男孩睡在星空之下。当第二天太阳从东边升起的时候，他们高歌为两兄弟送行，所有人用箭杆敲打弓背。两兄弟爬上了山顶，和这里的所有兄弟道别，渐渐地，他们的身影消失在了大山的另一边。很快，队伍中的人都各自做各自的事情去了，但他们还是时时刻刻等待着两兄弟的消息。

兄弟俩走了两天两夜。第三天来了一片地方，遍地黑色大石头。这里没有一棵树,看上去光秃秃的。将近中午的时候,两兄弟找了一个洞穴准备休息。让他们吃惊的是洞穴里面都是动物的骨头,有些十分大的骨头,简直和人一样高,兄弟俩不知道什么样的动物能拥有这么大的骨头。而且这些骨头上面还留着牙印,里面的骨髓都被吸干了,一看就知道是那巨人吃的。

两兄弟爬上了山顶,看到脚下是一个无比巨大的洞,一个怪物坐在洞的另一侧,他两只手放在膝盖上,身子前后摇晃,嘴巴不知道在说些什么,眼睛一会看看这儿,一会儿看看那,神情很是奇怪。两兄弟发现他的头不能和正常人一样转过来,只能用那双小眼睛转上半圈来观察别人,感到更奇怪了。其实,巨人扭头前要闭上眼睛,而且看的时候不能动。巨人要看一样东西,就必须先闭上眼睛转过来才能看到。他的眼神就像是一道光线,看到了就是看到了,没看到就没有了,所以他重新观察的时候,很容易漏掉很多东西。所以他对自己看东西的能力十分不满意,听他唱歌你就明白了:

"我名曰卡奇克斯,
　尤库布·卡奇克斯。
　银光如我眼,
　宝石般闪亮,

"我名曰卡奇克斯,
尤库布·卡奇克斯。
卡奇克斯!
卡奇克斯!"

一遍又一遍的歌唱后,他大吼了一声,接下去说:

"我名曰卡奇克斯,
尤库布·卡奇克斯。
所有人都畏惧我!"

两兄弟听到这声愚昧的嘶吼,就立在山顶冲他喊道:
"卡奇克斯,来抓我们啊。你抓得到我俩吗?我们就是来取你性命的!"

一段时间内,他们的话把巨人吓到了,巨人静静地坐在那。他用一只手捂住了耳朵,然后闭上了双眼,想要分辨出声音的方位。两兄弟看到他就要把头扭过来了,就两两左右跳开了。他们成功躲过了巨人,但巨人立马伸出了他那像橡胶一样柔软的胳膊,伸得很远很远,一手按在了两兄弟刚刚站立的山头,用五指开始摸索,但是什么也没有找到。他就抓起那块和房子一样大的石头,放到了鼻子底下。巨人一眼一开一合,盯着那块石头看。因为什么都没有找到,就把石头丢出去好远。卡奇克斯休息了一会儿,然后跑向了山谷,他一直向前看。巨人站在一棵树边,摘下那南瓜一般大小的浆果放在嘴里。那个巨人并没有察觉周围兄弟俩的存在。

等巨人离开了,兄弟俩跑进了山谷,山谷里遍地都是大山洞,山洞里面藏着各色各样的宝物,有七彩的宝石,宝物在阳光的照射下,发出了耀眼的光芒,别的山洞里还藏着银沙和金沙。两兄弟在洞穴里看宝物的时候,突然就响起了别的声音,这可把他们俩吓到了。而且那声音越来越近了:

"我名曰卡布拉坎,
　天崩地裂的卡布拉坎,
　我叫卡布拉坎,
　我称霸人间!"

这声音来自另一个巨人,这时候两兄弟还看不到那个巨人。所以他们又爬上山峰。他们看到那个巨人也是在树边停下了,也是吃了点水果,继续向前走了:

"我名曰卡奇克斯,
　尤库布·卡奇克斯。
　所有人都畏惧我!"

他也坐在了之前的那个位置,两只手放在了膝盖上,左右摇晃着身体,看上去十分忧虑,好像危险马上就会到来一样,动不动就要环顾四周,而且每过一小时就要去吃一次水果。

兄弟俩看到这里,就想出了对策。他们爬到了果树上,躲在那浓密的树枝后面,很快巨人的脚步声靠近了。

突然,他们感到大地都在震动。巨人又来进食了。兄弟俩从"1"开始,默数数字,"6"都没数到,巨人就出现在了树前,看到巨人那张蓝色的大脸后,胡那普立马地推箭上弦,射了一箭,巨人的下巴被那一箭射中。因为巨人皮坚肉厚的,这一箭只射穿了他的嘴巴。但他还是疼得嗷嗷叫,退了好几步,立马跑回山谷躺了下来,一边大哭一边大吼,大声唱歌已经成为过去了。

两兄弟很快从树上下来,来到了卡奇克斯躺下的地方,躲开他还在踢蹬的双脚,看着他。

"你们是谁?"巨人看到两兄弟,问道,"你们想干啥?"

"我们可是医生,听到一个很痛苦的声音就过来了。这可要快点治啊,因为你的牙齿出了问题。只要把牙齿拔了,你就不感到痛了。"

"但是没有牙齿我就会失去力量,人类并不知道这个。"卡奇克斯跟其他巨人一样，对眼前的两人一点都没有戒备。

"我们当然知道。我们先把坏掉的牙齿拔了，然后再往里面种上新的牙齿。"

巨人慢慢张开了嘴巴，两兄弟带着大锤子和铁棍就进去了，不一会，巨人的牙齿就被两兄弟拔了下来。当然两兄弟也信守承诺，给巨人种上了新的牙齿，但是这些新牙都是玉米种子做的，卡奇克斯刚想要吃东西，却发现自己无法咬动。所以不久后他就饿死了，从此这片土地上少了一只巨怪。

两兄弟回到家后讲述了这次经历，男孩们听后，高兴得蹦上蹦下。因为他们不但消除了一个巨怪，还知道了山谷里宝藏的秘密。整整休息了一周，两兄弟才带着全副武装的四百个男孩踏上了征途，出发之前，山里还有两个巨人。就这样，新的冒险故事开始了。接来的故事异常精彩，但是有点长。让我们下一章继续讲。

勇士四百战巨人

四百个勇士跟着两兄弟,就这样出发了,他们一边赶路一边歌唱,时不时还挥着旗帜。他们都拥有着古铜色的皮肤和强健的体魄,踏着整齐而坚定的步伐向前进发。他们都把目光投向了远方的山脉。四百勇士个个都无比勇敢。而且个个行侠仗义,他们双眼发亮、直达人心,每个人摔跤、骑马、攀岩、射击样样在行。他们的盾牌上闪着阳光,他们手上的弓箭头也是闪闪发光。男孩们个个佩着剑,挂着弓,步履一致地向前进发。他们出发前并没有带任何食物。因为他们知晓哪里会有湖泊,哪里会有浆果和食物。他们以天为被,以地为床,日日以星空作伴。

四百个勇士一直向前走,而且没有一刻的停顿,他们的目标是那片遍地黑色大石头的地方。他们翻过大山,蹚过河流。终于来到了巨人卡奇克斯居住的山谷,那里只剩下了一堆白骨,一群食腐的鸟儿在白骨上啄来啄去,转过头向洞穴里面看,里面全是宝贝,有闪耀无比的钻石,有泛着冷冷绿光的祖母石,还有遍地的金子和银子。但是这四百个勇士并没有被眼前的财宝所迷惑,而是继续前行。

四百个勇士分成了两百个小组,分头去找寻巨人的下落,最后在山下组成了一个包围圈,但还是没有找到卡布拉坎,也没找到至帕克那。勇士们找了一遍又一遍,依然没有收获,就朝更远的地方进发了。四百个人团结一致,没有一个退缩的,他们下定决心要把那邪恶的东西赶出大山。

第二天,勇士们还是和往常一样,在森林寻找着巨人,却被一群猴子拦住了去路。猴子的数量太多了,好像有上千只,它们龇牙咧嘴,不停地嘶吼,同时朝勇士们跳了过来。

面对这群张牙舞爪的猴子,四百勇士心里清楚,只要他们团结一致,他们就能战胜这群猴子。于是,他们立刻靠拢起来,组成了方阵,首排男生单膝跪地,左手拿着盾牌,右手拿着长矛,后来的男孩手持长矛站在到首排男孩后,直直地立着长矛。男孩都十分勇敢,毫无畏色,猴子根本没有办法冲过去。这时候猴子头领开始吼叫,指挥着上百只猴子冲了过去,想要用人海战术来打败这长矛阵。可是,四百勇士不但勇敢,而且配合得十分默契,进攻的猴子纷纷逃了回来,还有的猴子直接被长矛刺穿了身体,把性命交代了在那里。这场战斗一直持续到了太阳落山,猴子军团进攻的时候有几千只,现在只剩了一半。它们知道自己打不过这四百个勇士,也就放弃战斗四散奔逃了。

勇士们没有受伤的,但是他们累极了,这一场战斗让他们增进了彼此间的兄弟情义。在猴子逃走后,他们收起了各自的武器,继续向前前进了,路过了一条清澈的小溪,他们便在溪水中洗澡,整理武器,然后大部分男孩都躺在皎洁的月光下睡着了,留下了一些放哨的男孩子。放哨的男孩十分警惕,一直环顾着四周,害怕会有新的敌人出现。

当天空再次变成血红色的时候,他们启程了。这次他们走了一条近道,直达群山的巅峰,他们很快就来到了大山间的乱石一带。两边还是和之前一样,都是光秃秃的,而前方的路阴森黑暗,除了一直盘旋的秃鹫外,没有一只活物。突然,紧张的氛围席卷了这里,巨石中传来了一声巨响,此时,哨声、呼喊声交杂在了一起,天空还打了一声响雷,一片混乱之中,一声巨吼响起,在山谷中回荡。那声音太大了,四百个勇士立刻彼此约定,说话的时候要捂着耳朵。他们躲到了山间的窄缝中,这里都是杂乱的石头,行走起来十分不方便，所以勇士们放慢了脚步。突然间，一颗大石头从天而降，落在了他们前进的道路上。勇士们透过巨石和崖边的缝隙看到了一群面目狰狞的鲍牙山岩人聚集在峭壁上，他们是这座山上的野人，强悍而凶狠，满目仇恨、无恶不作，爬起悬崖峭壁来就像鸟儿在天上飞那么容易。

一眨眼的时候，一个白头发白胡须的野人从那些野人中站出来了。他大声吼叫，举起来了一块大象一样大的石头，一下就扔了出去。巨石很快砸到了四百勇士的上面，砸在了峭壁上，裂成了很多的碎石。四百勇士的领头人立马下达命令，用盾牌举过头顶来阻挡碎石雨。碎石似冰雹一般狠狠地砸下来，有碎石大极了，但是勇士们用盾牌抵挡，没有一个人受伤，只是地上多出了很多坑。山岩人太多了，而且个个强悍无比。但是，勇士们将盾牌首尾相连接，把石头的重量分散了，大家都没有危险——每一个男孩都十分关爱自己的同伴。

一个山岩人从狭窄的缝隙里跳了下来，在石头间疯狂跳跃。然后突然跳到巴兰克身后，把巴兰克压倒了，但是勇敢的巴兰克很快就爬了起来，立马将长剑抽出，一剑就刺入了冲过来的那个山岩人的胸膛。那个山岩人虽然被刺穿了胸膛，但是向巴兰克扑了过去，他伸出双手抓住了巴兰克扛在了自己的肩上，转眼间就扛着巴兰克往悬崖上爬。在场的所有山岩人看到后，开始欢呼大叫，以为自己马上就要胜利了。但是四百勇士的另一个领头人抓住了时间，拉开了弓箭，一箭射到那个山岩人的脖子上。山岩人站在山头啐了一下，把巴兰克丢了下去。之后那个山岩人身上两处被刺穿了，他靠仅剩的一口气爬上了石头，就无影无踪，他爬过的地方都是鲜血。

　　密密麻麻的石头云不期而至。盾牌被四百勇士紧紧握在手里，四百勇士对同伴充满了信任，而且他们坚信最后一定是自己获得胜利，每一个人都把目光转到了那条唯一的出口，那里没有高耸的石头，有的是天空的蓝。他们相互扶持并肩作战，走过了那些阴暗和恐怖的地方，最后走出了群山，来到了一片平原上，山岩人看他们到了平原，就不敢再追来。四百勇士个个身心俱疲，但是最后还是取得了胜利，有人还流下了欣喜的泪水。因为这场战斗只要有一个人放弃，他们就会和成功失之交臂。

　　到了晚上，四百个勇士躺在一块平地上休息，地上没有草也没有树叶，等着第二天天亮出发。男孩们都心地善良，谁都没有阴暗的想法，每一天都是崭新明亮的。

　　天终于亮了，但是太阳并没有升起来，看过去好像卡在了地平线上。东边山丘一片朦胧，本来看上去低低的山，现在好像长高了好多，像立在那里的云，飘到了南边。从山的

那头传来了一声闪电般的怒吼,震耳欲聋。等吼声一过,大家才听到:

"我叫至帕克那,永生的至帕克那,
我无所畏惧,除了水花。"

这吼声似雷声般传来,回荡在天地之间,随着至帕克那在山谷间跳跃,看过去一会儿变大,一会儿变小。就过去一会儿,勇士们都看见他了,但其实至帕克那在离勇士们很远的地方,立马跳跃着的至帕克那又消失了,跳进了他们之前跟山岩人血战的地方。

最可怕的就是这个巨人了。但是四百勇士并没有害怕,他们吃饱了肚子就向巨人消失的地方出发了。他们走了好久,最后来到了一处峡谷边,那里十分狭窄,尽头是数不清的白骨,这些白骨中不只有动物的骨头,还有人类的森森白骨,人头骨和海蟹壳遍地都是,数不清的毒蛇还爬在上面。

他们看到这副可怕景象的同时,走过来了一个老妇人,她的脸上满是悲伤,深深的皱纹嵌入了她的脸庞,说起话来含含糊糊,没有人能听得懂,行迹十分神秘且谨慎。她对领头的说道:"小伙子,为什么来这里?这里不但贫瘠而且邪恶。"

他们之中只有一个人勇敢地回答，他们是来取巨人至帕克那的脑袋的，还告诉了她，至帕克那是一个魔鬼，必须消灭他世界才能恢复和平。

"那你们都一定做了死的准备了吧。曾经有很多人来这里想要杀死至帕克那，但他们每个人都去享乐和大吃大喝了，最开始做善事的初衷早就忘却了，化成了不合实际的梦。"

勇士们对老妇人的话不理解，老妇人接着说，山的另一边是一块丰沃的土地，人们都不需要干活，太阳的光芒也是那么善良。她似乎说着无用的语句。

四百勇士回答道："我们除了杀死至帕克那，并无所求，他罪有应得。关于你说的那片让人舒适的土地，它会让人变懒，我们是不要去的！"

听到了这个回答，老妇人好像很满意，笑容在脸上显现。但是很快她的态度就变了，逼问道："你们是不是经过了卡奇克斯住的洞？他是不是已经死掉了？那你们快把他洞里的所有宝贝给我。"她一边说着一边伸出那看上去只剩骨头的胳膊想接宝物。

"财宝并不是我们的目的。我们是看到那些财宝，但是我们一点都没动，如果拿了那笔财宝，必定动摇我们的初衷。"胡那普回答道。其余的勇士都点起了头。

"那森林里的猴子你们是怎么躲过的?"

"我们并肩作战,打败了它们。"

"可那群山岩人呢?你们是怎么对付的?"

队长静静地说:"我们每个人都拼命保护好同伴,才能全身而退。"

接下来众人都陷入了沉默,没有人说一句话。老妇人只是点了点头,对四百勇士的行为表示赞许。然后说道:"你们干得很棒。但是后面的挑战更为艰难,你们每个人都要学会独自面对困境。别的我不能告诉你们了,你们需要一直往前面走,路的尽头是一片大海,旁边有一个湖,无论是谁,只要碰了那里面的水就会变成石头,你们一定要小心。你们只要把至帕克那带到湖水旁就可以了。你们不是听他唱过那么几句:

'我叫至帕克那,永生的至帕克那,
我无所畏惧,除了水花。'

你们不是在早晨的时候听过吗?"

一说完她就转身离开了,她没拿稳手里的一件东西,掉在了地上。队长捡起来还给了她。老妇人又和他们多说了几句:"大家都听好了。很多人活着就像蠢猪为了吃一样,至帕克那就是这样的。到了海边用心观察,去看看最后面有什么,那里有能把他引来干掉的东西。"老妇人一说完,就消失在了荆棘丛中,然后荆棘另一边跳出来一头美洲豹,全身白色,大伙儿忽然知晓了她就是白女巫。

四百勇士立即赶向海边。白天的天气十分炎热,正常人很难忍受,但是勇士们又不甘愿在草坪上歇脚。于是他们一直在赶路,太阳落山的时候他们就来到了海边,看到了那个传说的能让人变成石头的湖,湖水清澈无比,从这边一直流淌到那边。勇士们盯着流水看,湖的底部都是石头和沙子,没有任何生物。岸边堆满了海蟹的壳。这时他们想到了女巫说的话就明白了过来,原来海蟹就是至帕克那最喜欢的食物。

他们在周围看了看,发现一棵掉进湖中的大树,一头已经变成了石头。湖的对岸都是和发黑的海蟹壳一模一样的黑色黏土。勇士们思考了很久,决定用黑色黏土做一只巨大的海蟹,另外的勇士把粗大的树干拉到了湖边,一根根排得很整齐。他们把树的一头也放在了湖中,很快他们发现浸在湖水中变成了石头。第二天的太阳还没有升起之前,巨大的海蟹就做好了,他们把海蟹放在了拼接在一起的树干上,等到太阳快升起的时候就出发去寻找至帕克那了。

并不是所有人都去寻找至帕克那了。剩下来的四百勇士东躲一个，西躲一个，准备伏击至帕克那。而巴兰克、胡那普和另一个领头人并没有躲起来。他们一个坐在山脚，另一个弓着腰站在了就近的山头上，最后一个回到他们与老妇人相遇的山头。他挥舞着盾牌和剑，并且大声吼叫，想把至帕克那引过来。

"你这个胆小鬼！快过来吧，和你兄弟卡奇克斯死在一起！他早就变成白骨了！"

雷鸣般的声音传来——原来是至帕克那

"我叫至帕克那，永生的至帕克那，
我无所畏惧，除了水花。"

他一会儿歌唱，一会儿大声嘶吼，一会儿又唧唧歪歪，像极了猪叫。巴兰克还一直戏弄他，一会儿又说他活不长了，一会儿又称他胆小鬼，一会儿又提醒他卡奇克斯的下场是什么。

巨人最后终于被惹恼了。巨人刚抬头的时候并没有看到领头人，因为他个头很大，而且反应很慢。他找了很久他的对手，终于在平地上找到了，他挥起他的手掌向勇士拍去。被身手敏捷的巴兰克躲开了，但是至帕克那仍在身后猛追。

两兄弟一个在高处，一个在低处。看到至帕克那追了过来就十分高兴。胡那普整装待发，充满了干劲儿，接替巴兰克直接冲到了山脚下。紧接着队长似流星一般冲进荆棘丛……按照计划，四百勇士相互呼应，把巨人至帕克那引到了很远的地方，但是，从始至终，巨人都认为自己在追赶同一个人。这一刻，那个被追的人必须独自面对危险，才能确保大家的安危。躲起来的所有人在最后都冲了出来，从最初的三个到最后的四百个，他们跟着至帕克那奔跑，最终把至帕克那带到了悬崖边上是这场接力赛的目的。他向下看，看到了那只在树干上的大螃蟹，立马嘴上挂满了口水，想要跳到湖中大快朵尔。那个螃蟹在他踏出第一步的时候就掉进了湖中，至帕克那立马伸手去抓，却永远定格在了那里。他的手立马变成了石头，整个人变成了一个石像立在湖中。

　　除了战胜了三大巨人，他们还创造了很多战绩。无论过了多少年，他们的友谊都和当初一样好。如果四百人中哪一位受到了威胁，他们就会重新站在一起，并肩作战。

银星女神与瑞如

以前在巴西的时候,我在那的朋友帕德罗给我讲过瑞如和星光女神的故事。当时为什么会提起这个故事?我觉得是很久没有听过故事的我们太想听故事了的缘故。就像饿坏了的人在聊着曾经吃过的食物,其中的"饿坏了"并非是代表好胃口——而指的是迷失在荒野很多日子没有进食的人,即那些终日食不果腹的遇难旅客。那时候,我们身处火地岛皑皑的白雪当中,刺骨凛冽的北风在耳畔呼啸而过,眼前一片冰天雪地。帕德罗跟我们讲起了那个故事,一开始他就讲着他那四季如春、牛羊成群的故土。这里的上方弥漫着暖风吹拂来的芳草甜香,人就是这样的诚实,心口如一。

我们当时到那单纯为了在圣玛利亚河上游淘金,但是谁也没有预料会有突如其来的暴风,以及带来了这漫天的白雪,一直下了两天两夜。虽然我们的帐篷被搭建在了一个安静无风的地方,但帐篷顶上还是厚厚的积雪,到了第三天我们依然走不出去。那时候很饿,又没有食物,也没有带着书,能够照明的除了一堆篝火,什么都没有。帐篷外的那些群山好像在向我们靠近,铅色的天空如同要塌下来一样,世界越来越窄。此时,帕德罗娓娓道来他的家乡,说他的故乡有着层层叠嶂的山峦,每座都铺着紫色的花朵。山下的湖面波光粼粼,大地涂着绿油油的颜料,这是孩子最喜欢的样子,因为他们可以在此到处打闹嬉戏。听着他的讲述,我们很快忘记自己的周围是难以忍受的暴风雪。在他停下来咽口水的时候,我会想,帕德罗或许忘却了当初的梦,他怀揣着淘金理想来到南部,想象着能拥有好多金子回到故乡度过后半辈子,一边博览群书一边享受生活。

可能你会觉得我讲的故事不如帕德罗本人经历的故事来得有意思,但我还是认为把从他那听来的故事一五一十地讲明白是最好的——帕德罗最终无法回到他的家园;我记叙下这些事件,从另一方面来说是为了表达对他的深切怀恋。那天暴雪封路,我俩骑着的两匹马也弄丢了,雪刚停止,帕德罗就朝着八英里外的远方行走,寻找干粮。而我就负责守在帐篷周围,用枪来打点猎物。然而,没过多久,天空又下起了暴雪。而帕德罗迟迟没有回来,我足足花了五天的时间才找到他。我发现他的时候,他已经被冻成了雕塑那般僵硬。

记下这些文字的同时,当时的景象又在我脑海中浮现。白雪皑皑的一切,银装素裹的大山,还有那可怜的帕德罗,他被冻得四肢僵硬。我强忍着内心的悲痛,把他埋进了全是积雪覆盖的土坑中,然后用粗糙的树枝做了一个十字架,作为记号竖直地立在了上面。一做完这些事,暴雪天气又开始了,不出一会儿,大雪就把小小的土丘和十字架给埋没了。

帕德罗当年和我讲过许多故事,下面我要讲的这个故事就是当中之一,是他从小听到大的。

故事是这样的:

很久以前有个名叫瑞如的男孩子,他可喜欢观察树林中的动植物了:

有时候他会突然弯下腰来仔细注视一株花草,钦慕这份来自天然的生机;有时候他还躺在湖边的落叶堆里,跟着柔顺的光晕走向湖的中心;当然在他悠闲的时候,他还会聚精会神地听那些鸟儿唱歌……可是,他的父亲十分讨厌他这样。他这样太懒散了，所以父亲经常怒火冲天地训导他，反复劝诫他不要去迷恋这些转瞬即逝的事物。但瑞如没有改变，还是和以前一样，还没天亮，他就会跑到森林那端，沉浸在鸟儿的悠扬歌声中。时间就这样一天天过去了，瑞如也从一个小男孩长成了一个强壮的少年，他有着敏锐的洞察力和感受力。每当夜幕降临的时候，他总是会瞻仰星空，感叹这壮美浩瀚的景象。每晚，他都会来到一个相同的地方，那里视野开阔，周围有一条小瀑布，他一来到此处就不想离去。他都会渴望着紫黑色绚丽的天空升腾而起那第一颗明星。

每当仰望星空的时候，瑞如的脑海中都会冒出一个想法：这个大千世界打理得井井有条都是天上的人们保持着的。因为地上就属人类最有能力和破坏力，当然也最不值得信任。那天晚上，瑞如在棕榈树下躺着，静静聆听着夜莺悠远缥缈的乐音，心情要多好有多好。顿时，感受到这么美妙的歌是星星教会鸟儿的，鸟儿现在又给星星哼着调，瑞如心里这么想的。他躺在那里，双手放在脑后，望着这片美丽的星空，开始寻找哪颗星星在认真聆听鸟儿歌唱。不一会儿，他就把目光投到了那颗无比闪亮且挂在低空的小星星，就是它了，之后他痴痴地望着。至此的每个逐渐暗下光泽的夜晚，瑞如一边盯着这颗独一无二的明星，一边等待夜莺的动人乐章。这颗明星既像是一颗珍贵的宝石,又似那绚丽的烟花,有时候还像闭月羞花的少女柔和安谧。星星要是从西边消失不见,鸟儿随即停止歌唱,瑞如就感到了无限的孤寂而悲凉,像是独自一人来到四面绕海、空无一人的孤独岛屿。

某日,天空布满了白云,瑞如朝森林外面走去。走着走着就碰见了一位头发稀疏、留着胡子的老人。老人和他亲切地打了招呼,并且准确地叫出了他的名字,然后又和他说了一些难以听懂的话。老人问他,世上有那么多纷繁的事物,瑞如最想要的是什么。

瑞如思索了一些时间,然后坚定地说:"要是我每天看的那颗明星能从天上摘下来跟着我行走的话,这样一天都可以夸她的面容,那时的我将会是最幸运的人。"

老人听了瑞如这番话后,用手指向不远处的群山,让瑞如去那躺上一晚,接着又对他说:"到那时你还希望那颗光芒万丈的银星就属于你一人,而不想分享给其他人,我就答应实现你的愿望。"老人话音刚落,就轻柔地走开了。

瑞如穿过森林,爬上了那座高山,这时候的他极度渴望夜晚到来了。他连走路的时候都在想象着璀璨群星的光芒闪烁。到了中午,他找了块树荫坐下避暑,劳累使他合上了眼睛。瑞如好想唱着歌告诉众人银星的美貌今后仅为他一人所有,但很快他想到世界上没有其他人注意银星的时候便感到十分沮丧,想来想去都找不出适合的歌词来抒发情感。想到最后,他也只吟唱出一两句:

> 人们悲痛惆怅,
> 人们失落彷徨,
> 恶语似箭一般使人受伤,
> 无人因你的悲痛而慌乱,
> 天道有常,绝美的星光。
> 夜晚沉寂且安宁,
> 没有哭泣,没有欢笑,
> 白日后的夜晚,
> 美丽的银星尽情闪耀,
> 银星姐妹手拉手歌唱,
> "凡人梦中毫无理想"。

天接近墨色之际,瑞如已经顺着小路爬到了山峰处,躺在了老人指给他看的地方。这时候的他激动极了,一直盯着天边看,看着天空从蓝变金再变红最后变黑为漆黑。等啊等,天空中闪现了星星点点。他便开始哼唱那首歌的后半段:

> 夜晚沉寂且安宁,
> 没有哭泣,没有欢笑,

银星女神与瑞如

> 白日后的夜晚,
> 美丽的银星尽情闪耀,
> 银星姐妹手拉手歌唱,
> "凡人梦中毫无理想"。

当别的星星在天空中大放光彩的时候,他最喜欢的那颗银星却不见了,他感到十分失望。他瞪大了双眼,拼了命地去寻找那颗倾慕的明星,可能藏角落里了,可是找到好久都没有找到她,就知道姐妹们没有跟她一起。瑞如静静地凝视着星空,满眼的疲倦和伤心,不一会儿在地上睡着了,脸上挂着几滴为失去心爱之物的泪珠。

他一睡着就产生了奇怪的梦,梦到了整个世界都放置在一片白金色光芒的背景下,里面还传出美妙的乐声,一听到这个旋律便会感觉身心愉悦。他梦到自己长了一对翅膀,飞到了天堂,看到了脚下错落有致的家乡房屋,还有远处闪烁的圆球在有规律地打转。他穿过了无边黑暗,发现了焕然一新的星星,他从这一端看到了另一端,无数绚烂壮丽的景象从他眼前一一经过。最后他还看到了整片星际图,但是看着看着,他的心情就变得沉重起来,因为在这星际中,仍然没有自己眷恋的那颗星。不过他还是收获了一丝快乐,他犹如是一条弦,跟着周围的发声体和谐地共鸣。梦进

行到了此时,他突然惊醒,身旁出现了一个白衣少女,勾人双眸能穿透万物的灵魂,正在含情脉脉地注视着瑞如:

"你快起来。"她说,"我来这儿,其实是为你的。唱着歌曲抚平你心中的悲伤。我就是你深深思念的那颗银星,以后我会永远陪在你身边。"话语间隙,她逐渐变小,小到就好像瑞如的一个手掌那么大。

这时候的瑞如可以说是少有的幸福之人。他准备找一个精致的盒子来珍藏他的宝物,但是始终找不到恰当的,最后只能选择一个精雕细琢的葫芦。他把葫芦里清理干净,没有一粒沙子,就放在了银星所在的地方,银星轻轻进去,静静地住在一片用绿色苔藓做成的床上。每天瑞如四处奔走之前,都会时不时打开葫芦的盖子,关心一下银星。然后银星也眨着眼望着他,瑞如欢天喜地。每次这时候,耳边就会荡漾着令人心潮澎湃的音乐,瑞如都会觉得与大地万物融为一体——变成了天堂、繁星、太阳和月亮的某个小部分,所有光能到达的地方,都有他的痕迹。

银星一天到晚和瑞如讲着各种各样神秘的故事,所有的故事中有一个让他十分心痛:将来的某一天他会把银星的双眸当作自己的双眸,银星再也无法目睹世间美好,一直都只能活在无尽漆黑之中,那日也是他们要分开的时刻,银星到最后会变成他痛苦的记忆。每每听到这样的桥段,瑞

银星女神与瑞如

如都会思考很多,接着在故事的结尾哈哈大笑——瑞如对银星说,就算天塌了也不可能阻断他们俩的相遇宿命。

突然有一天,银星告诉瑞如,如果能一起去天国游玩就好了。瑞如听了后非常开心,于是就遵循银星的指示,坐在了一片棕榈树叶上,银星从葫芦里走出来,并把这只葫芦挂在身旁。她又拾起一根小木棒触碰树枝,棕榈树疯狂长大,很快他们两个来到云巅,那里没有植物和动物。银星说,在这里别走开,等着她回来。瑞如的目光一直停留在银星上,直到她那闪耀的光芒消失在远处。

霎那间瑞如瞧见近处有一座五光十色的城市。城中飘出阵阵欢声笑语,居民们弹奏着五花八门的乐器,到处都是载歌载舞的人。很多路过的人都要纷纷来邀请瑞如参与,意志不坚定的瑞如还是跟他们走了。瑞如被他们带到了一个金碧辉煌的大厅,然后和大家一起跳起舞来,还唱着歌。渐渐乐声疯狂了,各种声音掺杂在一起,好像汹涌喷泻的洪流,这时候的瑞如大脑发热,开始手舞足蹈,好像着了魔一样。顿时,阴暗的各处冲出了很多邪恶的猛兽——蝙蝠,讨厌鬼,目光凶悍的食尸鸟,失去尾巴的蟒蛇,还有巨大的蟾蜍,以及浑身恶心的黏液。这群猛兽的喧闹与音乐交织,奇怪的乐声震耳欲聋,更多可怕的东西显现了。瑞如感到耳朵都听不到声音了。他飞速跑出这里,赶回了银星要他等着的原始地方。

　　她就在那里，柔情的双眼满是悲伤的泪水，她用温柔嗓音呵斥着瑞如，"我说过让你在这里等着我……你去的那里非常凶险。"瑞如耷拉着脑袋，心里都是愧疚。他知道这样做的代价，银星将会离他而去。无须多言，他们的缘分犹如前方无路的断崖。他们现在能做的就是紧紧握住对方的手，马上就是离别的时刻。

　　"瑞如，走好。"银星说，"人生的道路曲折而漫长，一个人要坚强，要更加努力啊，这样我们才能再会。如果有死亡的威胁和恐怖的黑暗，记住我一直在你的身边照亮你的恐惧，我亲爱的，唯有诚挚才会使我们微弱暗淡的爱情得以复苏从而散发光彩。"

　　瑞如返回于世间，始终渴求着那已经丢失的银星。他和族人描述了自己这段奇特的历程，执着地要找到属于自己的那枚独特的星星。苦苦追寻，终于不负有心人。银星身披智慧的光芒指引着瑞如，优雅地保护着瑞如的以往种种。

温柔民族和羊驼的传说

这个故事让我思索一下哪里讲起比较好——那就从我攀登安第斯山开始吧。我回忆起那时从东面上山,看到了一个湖泊,旁边建着一所大房子,里面有两个孩子,一个名叫胡安,而另一个则叫胡安妮塔,她是胡安的姐姐。姐姐九岁,弟弟七岁。他们并不知晓学校的存在,并且他们周围五十英里没有其他的房子,更没有能和他们一起嬉闹的伙伴们。但是值得欣慰的是他们拥有许多书籍,也能够读书写字,因此并没有觉得日子索然无味。稍微远点的地方,还有个湖,那个湖的湖水有些浅,稍微过去一点距离处,是个岛屿。对于这两个孩子来说,那个小岛成了天然的游乐场。有时候，他们起很早就会划船去小岛上玩，尽兴一整天才会返回家中。

遇到他们姐弟俩的次日，我就发现了一件很有趣的事：他们养了一只灰色的鸵鸟。这只鸵鸟已经陪伴了他们身边两年了，它叫作迪莉西娅。当胡安骑上它时，它就会奔跑起来，像船只的帆布在行驶途中受到风力般展开翅膀，在草原上疯狂绕圈。它并非热衷于飞翔，只是它很在意背上的这个孩子。不知道为何，当时的大鸟都恐惧小孩，就同老鼠见了猫那副模样。这两个孩子知道与同夕阳一样红艳的火烈鸟在哪里，也知道能看见紫罗兰外衣加身的八哥的地方，还知道哪里能看见到羽长一寸、白灰夹杂的海燕，哪里能听到田凫发出的隆隆声响，当然还少不了猩红的灶巢鸟。但是他们最喜爱的动物不是那些色彩绚丽的鸟，而是一头羊驼。它呢，有很高的个子，天生充满着一脸骄傲的姿态，全身上下都是黄白色，远远看去，像是一只消失驼峰的骆驼，但大小却跟驴差不多。它名叫坎培翁，在孩子们的印象中，它一直都在这儿。那时候孩子们的父亲养着一群羊，一天去放羊，发现了坎培翁，那时候的它还没有狐狸大。父亲将它带回家后，大家都以为是只小羊。它躺着晒太阳的时候，胡安和胡安妮塔总喜欢趁其不注意跳过它的脊背，也爱好用自己的小脸颊亲近它那金色柔顺的毛。还有的时候这两兄妹抱着坎培翁长长的脖子死活不松手，跟它打闹玩耍，缠绕着它向它撒娇；然而每当它疲倦之后就会起身离开，找到安静的场所休息。孩子们会把它当成是马匹来骑，让它拉小马车使之行驶，坎培翁有些时候愿意，有的时候并不乐意这样被使唤，当它不情愿当成工具时就会甩一甩头快速跑开，马车随即就翻倒了，摔在地上的孩子们只能从柔软的草地上缓缓爬起。这一下它自由自在，不用拉车，欢乐地来到小山丘上，然后静静地朝远处眺望着，远远看去也像极了一座小山丘。

  某日，我的朋友外出打猎，在路途之中恰好看见老坎培翁站在高高的石块上。我朋友乍眼一看以为那是猛兽，二话不说拿出枪就开火，视其为猎物，结果坎培翁受伤了，而且还不轻。老坎培翁一瘸一拐地走回家中，步履蹒跚。纳闷着为什么人类会如此伤害它。胡安和胡安妮塔看到不同往日健硕，脚上带着伤口，难过极了，他们的父母也十分心痛，竭尽全力治疗着它的腿。我的朋友看到这一情景也很是伤心。静养了一段时光，坎培翁脸色看上去好了不少，但没过几天伤势又加重了，几乎全天都只能待在屋子的阴凉处。它不愿吃草也不想喝水。它修长的脖子还是高高地直立，双眼望着南方。到了第二天，老坎培翁不见了，全家人找了很久，却怎么都无法找到，我们又来到了它曾经伫立过的山丘，搜索了几英里内都不见它的身影。我和我的朋友、胡安还有胡安妮塔决定去更远的地方寻找，带上望远镜动身郊外。我们准备了一下午，给马上好鞍便骑马奔驰了几英里，来到了向东西延伸着的一片沙地，才看到沙地上留下了坎培翁一路朝南走的脚印。我们心情相当忧愁，因为知道再也见不到这头温柔又骄傲的老坎培翁了。

怎么回事呢？要是你读过神话一千零一夜之后就会明白，在辛巴达和水手森巴那篇故事当中讲到，很久很久以前有一个美丽的山谷，里面都是数以万计的大象白骨。真假我无从得知，但我知道巴塔哥尼亚南部存在着一座山谷，称为加耶戈斯山谷，而感到自己生命将要走到尽头的羊驼都会回到这边埋葬自己。温顺的坎培翁虽然从来没有到过那个山谷，但是它坚信自己一定能找到。它受了很重的伤，怕我们担心，所以借着月色的光亮在我们熟睡的时候就起身离开了。胡安和胡安妮塔两姐弟绝对不可能眼睁睁看着坎培翁死去——因为他们对羊驼谷的故事坚信不疑——就如同你我熟知灰姑娘的童话，那一晚我们想念坎培翁的时候，一个马倌跟我们叙述了另一个故事：

从前，我们所在的这块土地上还没有马，仅有巨人族和另一个温柔的民族。这个温柔的民族并不懂得人世间的疾病、痛苦以及气愤，他们分布在各类动物之中，就像鸟儿伴随着鲜花那般和谐融洽。这个民族的男人善良无比,而女人都水灵动人。大地上,鸟儿都穿了五颜六色的花衣服,花儿的香味可以飘出去很远很远,阳光是那么温和舒适。这里没有刺骨凛冽的寒风。最为重要的一点,那就是这个温顺的民族有着特殊的能力,能够把香甜的鲜花变成五彩缤纷的小鸟。

这里时常举办大型的集会,人们都会来到王子这里集聚。王子在嵌满各种珍贵宝石的宝座上坐着。因为他善良纯洁并且见多识广,所以这里的人们都爱戴他。王子的聪慧头脑使他拥有了大量财富,王子总会把这些财宝分给那些小伙子。那时候,他们欣赏的是宝物本身的光彩夺目,而不是它们的价值所在。各类动物靠拢着围在人们身旁,风中荡漾着欢乐的歌声,四处都是虫鸟欢声笑语和瓜果芳香丰硕。每次相聚一堂,大家都会梦想成真。但是说实话,生活在这块肥沃的土地上,已经很难想到还需要有其他的愿望了。

这边的土地上,有一件事千万不可以去做——那就是一路向北走,走到那看不见南面十字架上的星星的地方。很久以前有个人奔波若干天后,回到家中,告诉同伴说,最北处有一片望不到边的黑森林,住在那边的人们凶恶万分,干着许多坏事。其中有一日,一只奇异的鸟来到了这片土地，这只鸟漂亮极了，胸前闪耀着着绿、蓝、金三种颜色的光，长着一条长长的纯白色尾巴，有着象牙一样的光泽。第一个见到鸟儿的人是卡帕，鸟儿看到他的第一刻就飞了，他便觉得很奇怪。因为没有一只鸟儿是他触摸不到的，所以这只美丽的鸟儿越是躲着他，他就越是想要捉住它献给王子。就这样，卡帕为了捉住这只怪鸟，从这一头跑到另一头，很想把这只鸟捉住——他其实不懂鸟儿这是惧怕他，由于这儿的村民从来没有体验过恐惧，所以跟他们生活在一起的动物也自然不会理解。最后的最后，鸟儿带着他来到了黑森林的边沿。卡帕仰着头望，天空中出现了他从来没有见到过的星星点点，十分疑惑，但他还是跟着鸟儿进入到了森林中。林中的树枝高大无比，白天阳光根本无法照耀，同时夜晚也看不到一丝星光。

  这一天，他刚刚进到森林里面，就被一群长着黄色头发和有着像狗一样尖利牙齿的人们围住了。卡帕从来没有见过这个样子的人：他们凶猛极了，简直比猎狗还要凶残，他们撕咬着动物，从活着的动物身上拨下皮，然后披在了自己身上。更令卡帕感到惶恐的是，他被这群黄毛人抓了起来，抢走了他身上华贵的袍子，拿掉了他头顶的羽毛，然后掠走了上面的红宝石。让他更为吃惊的是，他们为了争抢那袍子而扭打在了一块，那件袍子很快变成破烂不堪，被这群黄毛人踩在了脚底下。卡帕就趁机逃跑了,他飞奔而出,连夜赶回家中。

回去之后,卡帕向王子报告了所经历的事情,王子听后面目充满伤心,然后无可奈何地和卡帕说:

"你所到达的那个地方是贪婪自私构成的乐园,那里的人不会真诚地对待我们。要是哪一天那些黄毛人知道我的地方,他们就会把大量邪恶的东西放到我们中间,以至于不达目的绝不罢休。"

于是王子把所有的子民都号召到了一块。他们一边跳舞一边唱歌,头上戴着美丽的鲜花和宝石,如平日那样喜悦。身边的动物也是蹦蹦跳跳,满是欢乐。但是马上大家都安静了下来,因为他们看到了王子眼中透露出微微悲伤。

王子把卡帕的所见所闻复述给了这里的所有村民。卡帕在王子旁,唱出一首悲凉的歌谣。人们顿时知道了原来还有黑森林的存在,那里到处充满邪恶。听完后,这里所有人民的心犹如挂了重锤沉了下来。王子跟子民们说,一旦他们发起战争,他就会把我们人民武装一起,迎战贪婪的黄毛人。但是如果战争爆发了,就一定会产生伤亡。这样我们自己也有可能会从友变敌。大家还会和安详的动物产生恩怨。今后大家都要各归各在这边土地上生存,所有动物见到你们都会躲起来。世界上那些你能看到的美丽闪亮的东西,你可以把它们留下或是带走。但是从今往后,你根本不会再观赏它们,而是把它们关进不同的盒子里,柜子里,或是埋在地下。这样其他人就看不到了。话说完,王子随手抓起一把宝石,让他们相互传看。这些宝物像晴天下的瀑布一样,在人们的手上倾泻,流淌闪闪发亮的光。

这个温柔民族担心王子说的事情会真的发生,就互相对视着,讨论着。最后,大家才统一了意见,没有一丝顾虑,大家决定跟随王子。"行"他们说,"只能改变我们自己,即使离开的时候,绝对不可以伤害这里的动物们。"

然后,王子把大家召集到了一起,准备合伙行动。果不其然,那群黄毛人冲出了森林。王子立马带他的子民和动物们走了很长一段距离。到达了一处巨大的、旁边还有有河流经过的山谷。王子说,他会把大家变成羊驼。这种生物十分温顺,既不会咬人,也不会抓人,更不会像毒蛇一样吐出毒液,丝毫没有危害,接着他就把大家变成了温柔的羊驼,他们的皮毛是族人穿着金银丝线织成的袍子那样。子民们和动物相亲相爱后,王子把自己也变成了一只优雅而健硕的羊驼,和他们生活在了一起。

就算到了今天还流传着这样的说法:要是一群羊驼同时出现的时候,你首先会看到一只十分强壮的羊驼,他就像是一座小山丘，会站在高地上眺望，防止黄毛人的侵犯。最后，王子羊驼接近死亡之际，他也走回了那个山谷。在山谷中，他看到了沉睡于山中的子民。就像你在故事书中读到的那样，羊驼久久地待在羊驼谷中，直至慢慢死去。还有呢，如果一头羊驼死掉，山谷中就会冒出一朵天蓝色的花朵，花瓣边缘仿佛绣着金色的尖尖。当最后一只羊驼离世的同时，黄毛人也会从这个世界上消失。就是那日，山谷里的每一朵蓝花儿都会垂下头弯下腰，向最后一朵诞生的蓝花致敬。一个个伟大的羊驼灵魂也随之诞生，它们都是那么璀璨，那么纯粹。从此，温柔民族会再度拥有他们的之前美好的土地，善良、温柔和欢乐又会重新降临。

一个故事值一个硬币

我和鲍勃出海航行已经有些时日了。我们两个划着一艘船,有时溯游而上,有时顺流而下,有时随着海风和潮汐漂流,有时靠着海湾和岸边歇脚。有一天,我们经过S形的海峡,来到一片平静幽绿的海湾。这里水面如镜,清澈见底。嫩绿的水草随波摇曳,鱼儿在其中穿梭着,它们的鳞片反射出迷人的绿光。幸运的是这带海湾水比较深,我们并不至于很快搁浅。朝着一条深入陆地的水道走着,半天后,我们便发现这是远处山上汩汩流下的一条小溪,顺着小溪越来越窄,我们再划下去,小船就会难以行驶,当两岸与船一样窄、两只桨快要划到旁边青草地时,我们无奈地停下船上岸。

第二天一早,我们收拾好船上的东西,把船藏在水的尽头就开始新的路程。我和鲍勃一路爬上高高的山脊,把大好河山尽收眼底。小岛遍布周围,海峡狭窄又错综复杂,犹如迷宫似的。然后,我们酣畅淋漓,便沿着另一条陡峭而狭长的山路走下山脚,这是小山谷,就像无人知晓的世外桃源,深深吸引着我和鲍勃:山谷里有鲜嫩的青草,成排的果树,还有可以躲避风雨的小木屋。近处有几匹健壮的马在竞相追逐,远处深棕色的山峰上,隐隐约约有牛羊在吃着草,不时还传来孩子们稚嫩的欢笑。我们循声而走,很快来到几座小木屋前,四座小木屋错落有致,都清一色用黄色的灯芯草覆盖屋顶。我们看到几个孩子正在屋前跟一头羊驼玩耍,房门前还有一位脸黝黑发红的老妇人,坐在一把铺着灯芯草的椅子上,虽然皱纹爬满了她的脸,但四肢却与年轻人一样结实有力。孩子们看见陌生人到来便撇下羊驼纷纷跑了过来,他们纯洁善良的眼睛里闪着些许好奇。

我们准备在这小木屋中休息几日,不再匆匆赶路。夜幕降临,早出打猎、打渔和放牧的年轻人此时都回家了。大家席地而坐,满天繁星的陪伴下,有说有笑,氛围轻松,热闹愉悦,我们很快融入到他们之中,打成一片。像其他旅行者一样，我们讲述了一路上见到的奇闻逸事给当地人听，比如我们是如何过来的，为什么要来这边，之前又怎么度过的。而当地人就会跟我们讲他们民族流传着的故事，我们觉得不清楚的地方，他们还会详细地再讲一遍。当地人大多来自智利，讲着西班牙语。从其中一名老妇人那里我们得知，她的丈夫是一名士兵，曾经服役于埃斯梅拉达号战舰上。那时，智利正在跟秘鲁交战，而埃斯梅拉达号被另一艘战舰击沉，船上有一百多位士兵罹难。她的丈夫从中幸运地活了下来，虽然没有遭遇死神，但还是历经千辛万苦才游到了岸边。他上岸之后四处游荡，找到了现在我们所在的山谷，并且跟另外三个漂游上岸的战士住在一起，从此逃离了痛苦的厄运和残酷的战争。"感谢上帝，"老妇人略微合拢双手，"因为上天的眷顾，我们如今才有了和平与安宁"。

之后，孩子们开始吱吱喳喳，吵嚷着要老妇人讲最有意思的那一段。孩子们恳求老妇人，他们一定要让老人跟我们讲这个山谷怎么形成的，为何这里有条小河，小河两岸为何有茂密的森林，还有别德马湖为什么是一片深水湖？"这部分是故事最有趣也最奇特的地方，连西班牙绅士也会讲述呢。"孩子们抢着说。然而老妇人却摇摇头，点燃一支烟说道，这个故事是她从一位非常年老的印第安妇人那听来的，而这位印第安妇人又是从她的家人讲述中得知的。

故事代代相传，增添了不少传话人的情感色彩，至于真假的话，没有人能说得清楚。然而孩子们说，不管故事是不是真的，总归是个耐人寻味的故事，所以他们一再请求老婆婆讲着，有个抱着蓝眼睛小猫的小女孩尤其急切，她睁着大眼睛望着老奶奶，眼神里倾诉着无限的期许。最终老妇人跟我和鲍勃讲了这个故事。听完整个故事后，我发现此前没有一人把它记录下来，如果我不写出来与你们共享的话，以后可能就不会有人知道了。

从前，别德马湖南部住着一个女巫，她既邪恶又刻薄。她的房子在群山之下，由大石块堆砌而成，里面有三间房，女巫自己住一间，另外两个房间分别关着一个男孩和一个女孩。每天太阳升起后，巫婆就会放出男孩让他去花园里玩，而太阳沉入地平线之后就把他关起来；女孩则相反，巫婆每天等到太阳露出来就会把她关起来，太阳落山之后则放出来。所以男孩从来没有看过黑夜，女孩从来没见过白昼，因此，也没能让他俩相遇过。

男孩渐渐长大，到了贪玩又调皮的年纪。他在石头房屋的底层挖出了一个大洞，这个洞可以通到石头房外面，这样他就能多待一会儿在外面的景色中，看到萤火虫像绿色的星星在黑幕下飞舞。夜色逐渐加深，慢慢无法分辨出轮廓，他虽然恋恋不舍但担心黑暗中会突然冒出什么可怕的东西吓到自己，于是沿着地道爬回石头房。除了巫婆之外，男孩没有见过其他的人。而且，男孩不知道夜晚还有成百上千的星光眨着眼，也不知道南面十字架星座耀眼的光辉代表着什么。

一个晚上，男孩刚刚把头探出地道，就目睹到一个浑身发白、散着黑发的东西，满目柔情地盯着他。那个东西逐渐向他靠近，周围笼罩着一层灰色的薄雾，薄雾中好似还有别的东西若隐若现。男孩哑口无言，以为那团白色的东西是恶魔，马上捡起一块石头想要砸它。然而他太害怕了，还没砸到那东西身上就转过身像逃难一样地沿着地道跑回石头房，进了屋子后立马跪在地板上哆嗦着，丝毫不敢转一下头去看。担心那只长发怪物会知道地道在哪里，然后追着他不放。于是，他在慌乱中找到大石头堵住洞口。而那个身披白衣，长发飘飘的女孩看到仓皇而逃的男孩也感到害怕，其实她胆子比男孩还小，看到眼前这个男孩的样子颤抖不停，不由得想象着白天会有好多飞奔的动物在屋外胡作非为。

到了第二天太阳升起后，女孩被女巫关进屋子，男孩的房门则被打开放他出来活动。突然，女巫觉得男孩面带恐惧，她惊讶不已——昨晚是这样的，男孩撞见长发怪物后，生怕那个怪物沿着地道爬到他的屋子里吃掉他的肉，整夜关注着洞口的风吹草动，害怕得根本睡不好觉。

这天白天，男孩奋力地从山上扛来一块大石头，想完全堵住地道出口。不过石头对他来说太沉了，足有他半个身子那么大，路又远，他几乎搬了一天才勉强把石头滚到洞口。然后他等着巫婆带他回屋，结果无论怎么样等不到巫婆来喊他。

事情的经过是这样的：当晚巫婆打开女孩的房门放她出来，想起白天在男孩眼中看到的，于是仓皇无助，她就去男孩的房间，想看看是不是藏着什么可怕的东西。她刚走进石屋就撞到一块平整的石板，然后随之发现了房间开了个洞。巫婆大为吃惊，使劲爬了进去想看看有什么。这个地道毕竟是按孩子的尺寸打造的，对于巫婆来说实在太小了：有的地方过低，她要扒去头顶上很多的泥土才能过去；有的地方太窄，她还要把四周的石头搬开一些才行。巫婆很快爬完了整个洞口，只差最后一步就可以成功，把堵在那里的大石头搬走。这时候，洞口立马就滚下来好多碎石和沙子，最后随着一声巨响掉下一块巨石，差点砸中巫婆——这块巨石正是男孩辛辛苦苦从山上搬下来的。就这样，巫婆被紧紧卡在地道里，巨石把前面后面的路堵上了，她用双手怎么推也推不开，巫婆就这样被死死地困在地道里，无法动弹。所以天黑的时候男孩才到处都找不到她。男孩眼见着天变黑，自己主动地赶紧跑进石屋，顿时看到地道口凸显在外面，石板歪在一边，非常奇怪。他把耳朵凑近洞口仔细听，传来了一些奇怪的声音。他以为昨晚遇见的长发怪物追着自己来到房间，担心它钻出来，男孩又搬起石板堵上了地道口，并且在上面还压了几块石头。然而，在另一房屋里，习惯黑暗可是依旧孤独的女孩看到有一间开着的房门的屋子，就慢慢地走了进去——这时男孩看见背后有个黑影压着自己，回头看见了自己最害怕的东西！男孩只见过白天，伴着灿烂的阳光，他什么都不畏惧；但是到了月光微暗的夜晚，万物的轮廓都有些模糊不清，习惯了光明的他害怕着这种不真实的感觉。所以一看见女孩的影子，他连神都没有定下来，就举起双手焦急地跑到花园里去了。

  眼前的一切在寂静中越发显现可怕的气息，恍惚中好似还夹杂着窃窃私语。男孩浑身哆嗦，黑暗中的世界他并没有过多的接触——他熟悉的是那些鸟儿鸣叫、昆虫窸窣、树叶摆动的白日。在月光的照映下，白天那个绿色的世界完全不存在，漆黑一片之下，他无法身披充满勇气和力量的光芒。只能隐约间见一个看似柔软却一片漆黑的屋顶，闪烁着奇特的亮光。他能在白天快速奔跑，而黑夜里，这双腿却绵软无力。他觉得身旁的树木和灌木丛像怪物一样竖立着。他一边跟跟跄跄地跑一边不时回头看，祈祷着长发怪物千万不要跟过来。他还没跑多远，脚踝就绊到了一根凸起的藤蔓,另一只脚不小心踢到了树根,于是很不幸地一头撞在树干上,眼前闪烁着的天地疯狂地打转之后,立马就是一片昏暗。男孩被重重摔倒于地上。

过了一些时日,男孩隐约感觉脸上有清凉的水滴,还有一双柔软细腻的手。他头还是晕晕的,并且略带疲惫,以为自己还在睡梦中。之后他微微睁开双眼,看到一个女孩弯下腰看着他,披在肩上的柔软头发像弯曲的瀑布一样倾泻着,随着微风像幼嫩的丝草一样飘动。他刚想看看眼前女孩的脸,想看看她是不是温柔、是不是善良,但是一眼瞥到另外的东西——那一轮冰冷幽暗的月,快速地在云层中穿行——男孩害怕着,顿时感到一阵晕眩,又昏过去。此时,一定有什么邪恶的东西偷走了天空中的温暖,那些声音婉转的鸟儿纷纷死去,那些香气袭人的花儿相继枯萎。

男孩又闭上了眼睛,内心的恐惧与之搏斗着。这时女孩开口了,她的声音温柔动听:

"这里没有其他人,你是不愿意看我吗?你是不愿意把我当朋友吗?为什么总是处处躲着我呢?"

男孩听了这些话,顿时不再畏惧。长期以来,他孤单一人,只能自己告诉自己要坚强,但是内心很想要个朋友。然而长夜漫漫,天空中的星星和黑夜间的影子莫名使他害怕。要是闭上眼睛那就一切都美好,一旦睁开眼睛看到这个黯

淡无光的世界,他心里就会有说不出的痛苦。但他作为一个男子汉,还是勇敢地开着口:

"当然,你是我的朋友!来!让我们一同离开这个黑暗的世界。"女孩听了,知道男孩要带着自己逃离巫婆的石屋,就马上牵起他的手说:"嗯,我们走吧。"

男孩双手捂着眼睛,直起身子说他准备好了。女孩说,巫婆在一个空树干里藏着打火石。鳄鱼曾经在无意中告诉她这是颗有魔力的打火石。鳄鱼还说,这种魔力并不只是砍树的那种能力那么简单,但究竟是什么、有何作用,它也不了解。女孩说,他们应该把打火石带着一起走,也许会有用到的地方。

女孩说完之后就去找打火石了。她刚走,男孩便瞬间感到非常孤单。他坚强地睁开眼睛看了看,发现周围仍然是冰冷、沉寂的黑夜,于是立马又闭上了双眼。男孩隐约听到不远处巫婆一两声尖叫,声音像被人堵住嘴巴似的。难道她是因为深陷这个黑暗的世界而无法忍受了吗?同时,他还听到猫头鹰那忧伤而肃穆的叫声。

没多久女孩回来了。她把打火石递给男孩,然后牵起他的手往前走。男孩心里有些暖暖的,却还是不敢睁开眼睛直视月亮。女孩以为他是看不见东西,于是一直牵着他,没有放开手,带着男孩走过遍布石子而凹凸不平的山间小路,穿过浓雾笼罩的蒸气腾腾的湿润沼泽。路不好走的时候男孩就背起女孩,尽管他还是不敢睁开双眼,却十分信任由女孩指引的路。

聪明善良的女孩习惯如同黑幕似的深夜,而勇敢天真的男孩却暗暗盼望着漫漫长夜快快过去。终于,黑色的时间由光染成了亮丽的色彩,太阳又一次冉冉升起,露出了笑脸。男孩快活地叫了起来,对女孩说:"现在的我无所畏惧,浑身有劲。是不是那个打火石的魔力出现了!"

然而女孩惶恐地说:"啊!我担心那块石头会给我们带来致命的厄运。我们现在就把它扔了吧。我觉得浑身乏力,好像快得病了一样。我好难受。天空怎么这么亮堂这么灼热,刺得我都快受不了了。"

听了女孩的抱怨,男孩轻轻地笑着说:"拉着我的手。"女孩虽然安心了一些,但还是不由得害怕。圆红的太阳把天空染成了一片玫瑰样的色彩,成百上千只鸟儿开始放声歌唱,男孩心中填满极大的快乐。相反,女孩以前没有接触过这些也没有遇见过这些,心中全部都是痛苦和恐惧,她一边流着眼泪一边用双手捂住了耳朵。她的眼睛,因为越来越强的光亮而感到不舒服。女孩挣扎着绝望着,不由自主地想回到熟悉的黑夜之中。太阳升到了天空当中央,男孩欣喜若狂,女孩则头晕目眩。她对男孩说:"你先走吧,我的朋友，我要被这太阳晒干，我过一会就要死了。我忘不了那像火一般明亮的地方，我的眼睛很痛，头发像烤焦似的。怎么了呢，黑色的一切去了哪里？"

男孩听了女孩的话很是悲伤，以为她要走了。男孩立马就从树枝摘下嫩绿色的藤条，编织出一顶草帽戴在女孩头上，替她遮挡阳光。然后抱住她，在阳光下唱歌给她听、安慰着她。但看到女孩还是脸色苍白病怏怏的样子，还浑身战栗，他不由得也跟着心痛。正午时分，此刻太阳最亮、空气最热，男孩为女孩找到一处阴凉的地方休息。男孩用树叶和苔藓为她做了垫子，还给她采摘了野果吃，又用树叶盛着凉爽的溪水送到女孩手边。

黄昏来临的这一刻，男孩女孩都不再感到之前那样的害怕。由于女孩度过了一个白天而变得更加坚强，男孩度过了一场黑夜而不再忧伤，他们手挽手有说有笑地向花草盛开的平原走去。

他们忘却了被碎石和泥土埋在地道里的巫婆，以为巫婆被困住而不能脱身——事实上却并非如此。巫婆被困在地洞里之后，怎么都走不出去，但不久就想到了别的方法。她使劲儿往地道上面顶，顶出一个小山丘后继续往上凿，最后形成一个口子，终于爬了出来。她站起来抖掉身上、眼睛和耳朵里的泥土，去房间找着男孩和女孩，可是哪里都没见他们。最后还是鳄鱼守不住秘密，一五一十地把男孩女孩的行踪告诉了巫婆。气急败坏的巫婆急忙去找她藏起来的打火石，却发现空空如也。她顿时勃然大怒，同时担心那块有魔法的石头，因为无论是谁只要扔出石头就能把人置于死地。她疯了，又跳又叫地离开那个空树洞，大步跳跃着回家，拿出一副弓箭，跑到山顶上在那站着。她在最高处往下望去，看见一男一女正要走进山谷。

巫婆知道一旦被群山包围自己就没有办法实施巫术了。那一带的山谷里遍布着羊驼，巫婆看见两个孩子时，羊驼正在跟孩子们讲着巫婆的事情，羊驼催促着他们赶快翻过山头，这样就不用被巫婆抓住。男孩女孩手牵手快速穿过山谷，就在他们即将到达安全地带时，巫婆正像一匹马一样飞奔着前进，以箭一般的速度向他们扑去。

上百只羊驼目光中闪烁着温柔缱绻，它们富有爱心，把男孩女孩围起来，跟着一起奔跑，这样巫婆射出的箭就不会伤到他们。然而许多善良的羊驼就这样为了保护孩子失去了可爱的生命。

巫婆看到成群的羊驼不好对男孩女孩下手，她又心生一计。她拿出一支施过法术的箭射向天空。箭越过羊驼群，深深射进了男孩和女孩前面的土地。大地瞬间四分五裂，每一块碎片跟蛛丝一样细，而每个碎片迅速生根发芽，立马长成大树，一瞬间，广阔的平原上便形成了一片茂密的森林，无论是谁，一时之间也难以过去。巫婆乘此时机跳得更快，步步逼近男孩和女孩。这时男孩女孩的动物朋友纷纷围上来，拦着了巫婆的追赶之路，巫婆头上和身体上满是刺猬，使她无法前行。山谷边上，一只漂亮的美洲豹出现在男孩女孩的面前，告诉他们使用那块打火石。

男孩把石头拿出来，用尽全身力气扔了出去。打火石随着嗡嗡声在天空划出一道弧线，大事不妙了，巫婆听到声音尖叫起来。石头飞向森林，刚碰上树冠就使其左右摇摆，好像有一个看不见的巨人砍着树，很快出现一条平坦笔直的小路，直达山谷。羊驼此刻又能把男孩女孩围住，保护着他们穿过那条小路。打火石砍出一条路后，掉在了地里，于是地面挖出一个坑，越钻越深，最后出现一个深水湖，泉水在打火石钻出的地道中喷涌而出，顺着林间小道流淌过茂密的森林，来到巫婆身边，将她包裹住。巫婆此生最畏惧的就是水，然而这股急淌的流水浸湿了她的双脚，慢慢上涨。巫婆就如烈日炙烤下的糖块一样，不久就融化了。

"溪水流淌着，日积月累形成了拉马德湖，那座茂盛葱绿的森林就是你们眼前的森林。男孩和女孩后来结婚了，就在我们这里生活许多年，依然有很多鹿和羊驼伴在他们的身边。原来那个恐怖的故事像捱不过时间流逝的事物，很快被人忘得一干二净。"

老妇人讲完后，拿来手边的一件白色羊毛披风披着。停顿一会儿，她说，这个故事她总共给四个来这里的陌生人讲过，每个人听了都觉得不错，所以一人给了她一枚银色的硬币。

"来，我给你瞧一瞧吧。"她面带微笑地站起身走进屋内，出来的时候手掌心托着四枚银色的硬币。周围的人们假装漫不经心地点燃烟卷吐起了烟圈，马刺叮叮作响。过一会儿，老妇人又开口了："如果英勇的骑士听到这个故事，四枚硬币就会变成五枚。"

我便觉得自己称得上勇敢，表现得也如绅士一样，于是就在她的掌心添上了一枚硬币。直至后来，我觉得掏出这一枚硬币的举动很有意义——要说在一片安适的地方歇歇脚，休息一宿，也要花上好几枚硬币吧，更何况这里的人们诚实又质朴呢。

神奇线结的故事

从前,有个男孩子,名叫波拉克。住在他附近的一位睿智的老妇人有过一些预言,所以大家都把他称作王子。他出现的地方也非常特殊。某个白天,到湖边采摘果子的男子看到岸上有一块发着亮光的石头,走近些才发现那是只丝草编织而成的精致篮子,里面铺着洁白柔软的羽毛,羽毛上居然还躺着一个小男孩。于是,男人提着篮子把孩子带回了家,他家原本就有三个孩子,他们因为多了一个玩伴而兴高采烈。但是,他和妻子呢,却要照顾四个孩子,这下更忙得不可开交。但说来也奇怪,自从来了波拉克以后,家里诸事顺心。而这对好心的夫妇也像对待亲生孩子一样对待着波拉克,波拉克在夫妇的照料下脸蛋红扑扑的,四肢有劲,看起来长得十分健康壮实,与其他孩子并无不同。

夫妇家有两个女孩、两个男孩,他们每天都过着幸福的生活。其中男孩波拉克,他似乎比其他三个孩子能够看得远,想得深。说他看得远,并非夸他视力好。因为这一家住在群山脚下,这边空气清透洁净,每个人视力良好,即便是透过草叶,远处的事物也能看得一清二楚。这是说,波拉克能看到平凡事物背后蕴含的不平凡魅力。他逢人就说落日的余晖色彩缤纷,湖中的水湛蓝清甜,小溪波光粼粼,山丘绿草如茵;他还说鸟儿的歌声悦耳,但当地人自小听着鸟鸣成长,已经适应了歌声,从而忽略其中的美妙。一天,波拉克学着鸟叫,然后每棵树、每个灌木丛中的鸟儿都开始应和着他,就这样此起彼伏地形成了一阵优美动听、层次丰富的合奏,乐声直抵人心,洋溢起无限的欢乐。

群山之中有一处笔直的悬崖,由于十分光滑陡峭,没人敢爬上去。只有那些脚力稳健的小孩子才能爬到最高峰,并且不会头晕。峭壁半腰有一块凸出的断崖,一只秃鹫在上面筑了窝。长大一些的波拉克和他的朋友们常常在峭壁下面玩耍。他们总是喜欢看秃鹫从断崖上俯冲下来,伸展双翅飞向远方。它的翅膀几乎纹丝不动,然后倾斜着身体盘旋出大圈,越来越高。它能连续飞行几个小时,无论顺着风还是逆着风,在高处时,看起来就如同蜂鸟一样大。有时,它飞得实在太高了,一眨眼,谁也看不见了。孩子们就会许下这样的愿望,希望自己能像秃鹫一样翱翔,还能划大大的圈,转着漂亮的弧线俯冲下来,自由自在地感受着。有一天,波拉克和三个兄弟姐妹正在峭壁下玩耍。其中一个女孩看见峭壁有一条裂缝,她指着裂缝,朝兄弟姐妹们大叫起来。大家顺着她指的方向看过去,发现那边果然有点奇怪:裂缝中,一只羽翼丰满的大猫头鹰,双目圆睁站在一方石块上,他的下方是鸽子的窝。孩子们觉得猫头鹰仿佛在说:"啊,我的美味,可爱的小鸽子。我的爪子像针一样尖利把你抓住,再用我的喙把你撕开,简直是太鲜嫩了,可以饱餐一顿。"

这一幕把四个孩子给吓坏了,他们没见过这种场面。孩子们开始大喊大叫,期望朝猫头鹰扔石头就能把它吓跑,但一点作用都没起到。石壁上的鸽子窝离着他们极其远,而且峭壁又陡又光滑,谁都无法爬上去,四个孩子只有眼睁睁看着那些鸽子们落入鹰口,却没有什么解决的好方法。鸽子在那里瑟瑟发抖,却不肯离开窝。猫头鹰听到有嘈杂的声音,抬头看发现是一群孩子在峭壁底下,眼睛发出凶光,头上的羽毛像号角一样竖着,纹丝不动。它紧盯着四个小孩,警示着他们,"快走开吧,小家伙,没你们什么事"。

神奇线结的故事

在几个孩子眼中的世界里,这只猫头鹰犹如狱卒居高临下看着无辜的囚徒或是像手持长矛的男子要杀掉手无寸铁的孩童。看到鸽子的生命危在旦夕,想到猫头鹰会冲下来撕咬他们,孩子们感到伤心。尤其是那个叫波拉克的男孩,特别难过,想爬上峭壁去解救鸽子,但兄弟姐妹都知道他无法爬得很高。然而他往上爬了一点,一件神奇的事情出现了:在天空中盛气凌人的秃鹫飞行时掉落了一根长长的羽毛。羽毛从秃鹫的翅膀上打着旋儿缓缓飘下,轻轻地落在波拉克右手边不远一块石头上。而此时他的左手稳稳地抓着头顶上方的石块。

波拉克要拿到这么一根羽毛,就得松开一只手,不过这样可能会因失去平衡而摔下来。波拉克还是个顽皮又充满好奇的孩子,出现了一个羽毛自然就想看看,换作是你的话,也一样会伸手的——波拉克真的松手去抓羽毛!并且握在了手中,羽毛边缘平滑美丽,舒服柔软。波拉克转了一下羽毛之后,自己竟然如羽毛般飘离了岩壁,悬浮至空中,像一朵轻盈的蒲公英飞舞在眼前。他又轻轻转一下羽毛,它就往上飞高了一点。他试着面向岩壁那边,羽毛听话地带他往那边。底下的孩子们终于知道了这根是有魔力的羽毛。波拉克借助羽毛完全拥有了鸟儿飞行的能力,时而打一个大圈往下俯冲,时而摇摆不定随意自在,一直飞到猫头鹰所在的那块石头边。尖齿利爪的猫头鹰看到波拉克飞了下来，就扑闪着翅膀飞走了。

峭壁脚下的三个孩子不再感到之前那么害怕，他们觉得一切都会有好运的，看到波拉克站在头顶上方岩壁边上的时候还激动地大叫。猫头鹰飞走了，铅灰色的小鸽子重获新生，吱吱叫着表示感激。孩子们看到这番情景都高兴地拍打着手，只见那边波拉克弯下腰捡起了一样东西。

波拉克看到鸽子窝后面有一卷丝线一样的东西，比头发丝还要纤细，中间还打着个奇怪的线结。起初他以为那是鸽子窝的一部分就不敢触碰，鸽子见他犹豫着，从窝里站了起来，衔起那团线的一头来到波拉克站着的地方。波拉克拿手接过来，缠绕着收起剩下的线团，最后所有散落出的线都卷在手掌里，还不过也只有一颗野樱桃那么大，纹理紧致。他恍然大悟，这就是老妇人经常说的神奇的线结。这个线结呀，看着小，但是其实可以捆住那些力大无穷的邪恶的生物。他无从得知这个线团怎么在鸽子窝里，不过这部分也不是很重要——重要的是保护住了鸽子，没让猫头鹰吃掉它们的念头得逞。秃鹫见多识广，或许看得到人眼看不到的东西，没准儿那会儿已经明白了会有这样的事发生，所以才留了一根羽毛给孩子们帮助弱小。山下，小伙伴眼中看到的波拉克只有一只狐狸那么大，他没有在此久留。

他所在的地方很高,不过有羽毛,他很快便飞了下来并安全落地。

接下来孩子们开始拿羽毛玩耍,做着各种各样的实验。他们轮流跟着羽毛享受鸟儿般飞行的快乐,随着次数的增加,越飞越高,胆子也越来越大,最后每个人都敢站到秃鹫所在过的地方了。孩子逐渐知道,只要有信心,不畏惧高处,神奇的羽毛就能带他们去远处。要是对自己没信心就一丁点儿都飞不起来。可是,神奇线结的线团他们依然没有摸索出来怎么用,不过他们心知肚明,有魔力的东西要用上的时候自然会显示出其力量。他们小心翼翼地守着线团,用坚果壳装起来,万一哪天能用上呢。其实线团比他们预想的要更早派上用场——如果你不害怕下面发生了什么,可以继续阅读下去;感到恐惧的话就不要看了,看了之后呀,就会在以后的日子里害怕黑暗,或者要是黑灯瞎火的时候待在外面,便会忍不住要跑回屋子里。如果你担心这样的话,我在这里劝你还是不要再看下去了。要知道,假使你们想看到神奇的线结完成它的使命,你们就不能怕黑,也不能害怕有什么怪物会藏在门边、躲在暗处要抓你。

某天晚上,在波拉克生活的村子隔壁,遇到了一件事。在一个小房子里,有几个人围坐着说话。其中一人渴了,叫屋子里的小男孩拿葫芦去小溪舀水。男孩不畏惧地走入黑暗的外面，距离屋门一百步的地方有条小溪，他往那个方向走去。过了很久的时间，男孩都没有回来。屋子里的人左等右等还是没有看到他归来的身影，感到既奇怪又焦急，最后又派了一个强壮的年轻人去寻找他。他出门之后，也是去了那条小溪，沿着溪水下游找了又找，但还是找不到男孩。

无独有偶，次日晚上，另一个男孩到朋友家串门，两家之间隔了五户人家，可是男孩出门后，不知道去了哪里，反正没踏进过朋友家的门。他父母得知之后出门找他，跟着他的足迹一直到一片沙地上，到这里脚印就结束了，放眼望去只是一片向远处延伸的平整沙地。不好，类似的事情又发生在第三天晚上。白天，一对姐妹去朋友家玩，到了傍晚妹妹想一个人先回家。她刚要走，姐姐就想起来前两天失踪的男孩的事情，于是赶紧出门跟她一起。一层冰冷的薄雾遮住了所有的星光，明亮的圆月也害羞地躲进了云层中，姐姐还能看到前面妹妹那一袭白裙子，隐隐约约若隐若现，虽说光线暗无法看清，但她能肯定是她妹妹。小白裙像一朵白云飘着，却突然一下子消失得无影无踪。姐姐赶忙往前跑过去，只听到一阵呼喊的声音从头顶传来。她抬头看到小白裙，但瞬间像气泡一样挥发了。

接连几日的事让整个村子出现一阵骚乱。白天大家人心惶惶，更别提晚上了，知道了孩子莫名其妙地不见踪影后，没人敢在日落之后出门，在屋子里待着也如坐针毡。太阳渐渐落入海中，天空收起了光亮，有一家人待在屋子里，他们突然听到一声巨响，好像无形的手在拉扯着茅屋顶。刹那间屋子漆黑，大家的心脏突突地直跳。赶紧抱在一起瑟瑟发抖。最后，外面的声音安静下来，他们抬头看到屋顶上漏了个大洞，地板上留下了一个印记，看着类似一只大鸟的爪子。房子其他地方都好好的，房间的人们乱作一团。

很快这些消息传到了隔壁村的波拉克家，他认真听了这几个故事。除此之外，见多识广的老妇人也听了，她若有所思地点点头，说："别怕，晚上要是出现月光就不会有事了。"

她还说了些其他，特地又问波拉克有没有那个神奇的线结，得知有之后，然后教他怎么使用。后来夜空挂有月亮，孩子丢失的事就不再发生。

这时，波拉克忙碌着，一天一天过去了。他利用神奇的羽毛，飞到远处，盘旋高空，飞过峡谷，跃过高山、掠过湖泊，看着世界上奇特的陆地和海洋，辗转于天涯海角各处。秃鹫与他并肩而行，波拉克跟着它们丝毫不觉得疲惫，而且永远不会掉队。后来秃鹫带他去了一处寸草不生的峡谷，一只巨大的黑鸟突然长着翅膀飞了过来。这只鸟强大有力，每只爪子都能抓住一头羊驼，连秃鹫在它旁边也显得很矮小。大鸟长相丑陋，双眼露出凶光，爪子尖锐锋利，翅膀拍打沉重有力，扇出来的风能吹弯两旁的树。波拉克立即明白，月黑风高的晚上，正是这只大鸟出来做着邪恶的事情，把小孩子抓走了；他还知道世界上只有一只这样的鸟，它也只有一颗蛋。

男孩跟着大鸟到处飞，观察着四周很多天，最后发现它的窝在高高的山上，处于人们无法攀登的地方。窝里有着一颗巨大的鸟蛋，大到就像一头山羊。山上还有一个洞，洞口非常狭小，里面藏着的都是大鸟抓走的人。波拉克看见巨鸟每天都会把水果带给他们，让那些人活下去，以至于蛋成功孵化的那一天，雏鸟能够吃掉这些人，获得足够的营养来成长。等巨鸟飞走了，波拉克鼓起勇气靠近洞口，给洞里面的人说，他会把巨鸟杀掉，然后救他们出去。

说完，波拉克乘神奇的羽毛飞回家，告诉村民他见到了被它抓起来的人们和兴风作浪的巨鸟。睿智的老妇人让大家在湖边挑出一棵结实的树，根部不动，像以前一样深深扎进泥土。把树冠砍掉，树枝也砍掉，留下树干，砍成小孩子的样子。人们造出一个"人"形之后，给它穿上衣服，在手的位置放上一个水勺，远远地看，就像一个小孩子准备去舀水。人们还在旁边搭了一个茅草屋。在下一次月黑之前完成了这些准备工作，波拉克则住进搭建的屋子，等着大鸟前来捉这个木头小孩。

在人偶旁守了三个晚上,波拉克乘着羽毛飞来飞去,最后终于看到黑色云彩样的一团东西飞过来。他知道正是那只邪恶的大鸟,于是掉头回到屋内。不久空中传来嘶吼的声音。大鸟的尖叫十分恐怖,好像夏夜的惊雷一样。黑暗处,它突然俯冲下来,伸着爪子张开嘴巴,迅速抓住树干,想把它提起来。树干由于扎根于地,纹丝不动。于是,大鸟把鸟喙和双爪都深深掐进树干,用了九牛二虎之力想拖走树根。大鸟越来越使劲,树根开始松动,地面隆起鼓包,简直快被这个力气巨大的鸟整个拉起。但是,还是不能完全脱离地面。大鸟发现实在抓不动就想飞走,可是它的鸟爪和鸟喙都已嵌入树干之中,好像与其连为一体,无论怎么忽闪翅膀都没用,它挣扎的翅膀扇起来的风让周围的灌木都折弯了腰,波拉克藏身的房子也在摇动。

大鸟还在挣扎,波拉克拿着神奇的线结,乘着神奇羽毛从屋里出来了。他飞到大鸟上方,解开线团,把线头放了下去,丝线很快像渔网一样束缚住了大鸟十分有力的翅膀。还好,神奇线结有着惊人的力量,凡是被这股线绳网住的邪恶势力,都无法挣脱。只见,很快那只黑色的大鸟无法动弹。

次日早晨,波拉克乘着羽毛飞回大鸟所在的那个山谷,把岩洞中的一个个人救出来,然后用力把鸟蛋推下悬崖,看着它被砸得破碎不堪。这样,世上最后一只邪恶的大鸟,没有了后代。不久后,自己也郁郁不得而终;而今天你看到的,那些在天空中盘旋的鸟儿,都是善良可爱的,它们不会伤害村落的百姓。

许错愿之人

这些天，我和柯纳萨日夜兼程，往南部前进。我们一起赶了三百匹马，甚至有时一天要换乘四匹，但是这时却是我们休息的时候。柯纳萨是个马倌，土生土长在平原地区，在我们这一带我想没有人比他更懂得马啦。他的本事可足啦，只见他赤手空拳，轻轻地拿根绳套往马身上一套，很快一匹马就被他轻松地拦住啦，他再飞身一跃，轻松地飞身上马。

这些天的赶路，我有点困乏啦。一天晚上我们生起了篝火，烧了点开水，泡了几杯草木茶，就聊了起来。

我说："如果我们能早早地结束这次行程就好啦。"

柯纳萨摆弄了一下他的吉他，然后轻轻地把吉他放在旁边，对我说："其实，在我看来，许愿不是什么好事情。为什么这么说啦，因为在许愿的时候，你会忽略那些本不该忽略的事情，而你不得不冒一定的风险去承担后果，这样事情就乱套啦。"

我听了一笑了之：没那么严重吧。可是他却摆了摆头，他说凡事要顺其自然，世界上没有谁是事事顺心，也没有谁是不可超越的，于是他就像生活在草原上的人们一样，和我娓娓道来，讲述了下面的故事：

在巴拉圭，曾有这么一个女子，她没有孩子，于是她日夜祈祷，希望得到一对金童玉女。她除了许愿，还经常去一个神奇的地方，在森林深处，那里的池塘水面上铺满了睡莲宽大的叶子，那里的陆地上长满了甜橙、酸橙和柠檬。她经常在这个宁静的地方唱歌，一首自己编制的歌，在歌声中，饱含了她对孩子的向往，在歌声中，男孩英俊威武，跑起来好像兔子似的，倏地一下就没有了影；在歌声中，女孩美丽动人，她有一对水汪汪的大眼睛，忽闪忽闪的，头发呢，则像丝绸般顺滑。时间一天天地过去啦，她每天都在森林里许愿，不知是感动了上天还是怎么的，她的愿望最后实现了，她也得到了一对儿女，女孩像花儿一样绽放，男孩则修长挺拔。

故事还远没有结束。女人希望男孩强壮、勇敢、行动快如风，男孩也确实如此。但女人没有想到男孩的眼睛不太好使。对他来说，没有白天，也没有黑夜，他看不到太阳，也看不到月亮，看不到蓝色的天空，也看不到绿色的草原。女孩子的眼睛虽然很好使，在很远的地方能看到蜂鸟的眼睛，但是她只能在地上爬来爬去，路都走不了，只能用双手来完成所有的事情，也许这正是妈妈许愿时没有要她强壮而健康。

女人的美梦破碎了，她伤心不已，脸色渐渐变得苍白，终于在一天晚上，她搂着她的两个孩子，亲了亲他们的脸颊，头也不回地走啦，孩子们再也没有看到过她。第二天隔壁的邻居告诉他们说他们的妈妈死了。

日子一天天地过去啦，男孩和女孩也在慢慢地长大。一天，一位老人来到他们的房子前，只见他穿着破烂的斗篷，老人又饿又累，斗篷被带刺的灌木划得破破烂烂，双脚也被锋利的石头给划伤了，他说他来自几百里远的地方。男孩和女孩把他迎进屋，给他洗脸，让他喝水，还递给他一块用香蕉叶包裹、木薯粉做成的面包，老人吃了面包，洗了脸，喝了水后，身体得到了恢复，脸上渐渐有了一丝红润，作为对孩子们的回报，他给孩子们讲述了这样一个秘密，那就是有一个老巫婆住在遥远的地方，他知晓很多秘密，能做很多事，有些事一般人都做不到。

他说:"不要多长时间,就能让女孩子的双腿走路,再多给她一点时间,她就能让男孩重见光明。"

他对孩子们说不是所有的巫师都是坏的,他们也有好坏之分;有的巫师把孩子留在身边是因为巫师喜欢所有美好的事物而不是出于贪婪和吝啬。"孩子就像花朵,像困在笼子里的鸟儿,如果把孩子好好地留在身边,总比摘掉一朵花,或者把鸟困在笼子里要好,把鸟儿困在笼子里和偷小孩一样都是不对的。"

三个人吃完了饭,唱起了儿歌,等太阳落山后,老人和孩子们道了声晚安后,就伸展了一下身子,不一会儿就睡着啦。第二天清晨,老人趁着孩子们还没睡醒就悄悄地离开啦。

第二天,男孩和女孩还对老人的话记忆犹新。女孩的脸上泛着红晕,双眼也炯炯有神。她望着男孩,心里想着如果男孩真能看到清晨的迷雾,凉爽的夜晚,那该有多美好,男孩现在处在一片黑暗当中,他也在思考怎样能找到女巫,怎样让她施法来让他妹妹的双腿恢复健康,能够自由地行走和跳舞。最后,他们决定不讨论这个话题,而是去寻找女巫。哥哥背着妹妹,妹妹当哥哥的眼睛,引领着哥哥穿过荆棘密布的丛林,走过有着很多鳄鱼的沼泽,跨过有着齐肩高的棕榈的山谷。每天晚上他们都会在凉爽的地方小憩,旁边是清澈的小溪或一潭弯弯的甜甜的泉水。他们历尽千辛万苦，终于来到了女巫所居住的住所。

所有的情景都和老人讲的差不多。女巫没有见过什么人，她感到很孤独。可能是因为很少有人来女巫的地方吧，看到兄妹俩，她感到很高兴，领着孩子们来到了一处枝叶茂盛、香气怡人的地方，却看到女孩像只飞累了的小鸟只能爬着走。女巫给男孩子讲鸟儿的故事，讲绿色的树干，金色的阳光，想象着孩子们听到故事会开心起来，会愿意或喜欢待在她这个幽静的山谷，这里长满了绿色的植物和好吃的野果。但是她讲得越多，越是想让他们舒服和开心，他们就越想自己是一个健全的人。女孩希望自己能够自由地走动，男孩子希望看到明天的太阳。

没过多长时间，男孩和女巫讲起了老人的故事，他们说正是因为他们想痊愈的心愿才领着他们走了这么多的路。老女巫发现她想留下两个孩子的梦被打碎了，心里一沉，她知道，孩子们一旦成为健全的人，他们就会离开她，就像她以前所精心喂养和哺育的鸟儿一样，冬天来临的时候会飞走。接下来，女巫决定了不再给他们讲什么好听的故事，而只是死亡、灰色、寒冷，只是荒芜的沙漠，还有森林里各种奇奇怪怪的鬼故事。

"看不见这些东西就不会有恐惧和烦恼。"女巫说，"看到这些可怕的东西只会让人感到不开心。"

但是男孩子说:"听见这些东西,我更想见到光明,这样我就能清除森林里你所说的那些不好的邪恶的东西啦。"

听到这里,女巫虽然暗自感到开心,但她还是叹了叹气。她和女孩子讲那些会走路的人所遭遇的伤害,讲那些残暴的生物是怎样又抓又挠,讲那些石头是怎样划伤娇嫩的皮肤,讲那些石头底下是怎样藏着有毒的东西的。没想到女孩子听完后,拍着手耐心地说:"这正是我双腿想要恢复健康的原因,这样我就能轻易避开那些有害的物品而哥哥也不用杀死它们。"

"好吧,"女巫说,"也许你知道我所住的地方是多么漂亮后,你们才会在我身边待着吧。你们变成今天这副模样,都是因为许错了愿,所以我得满足你们的愿望。而为了能治愈你们,我不得不去找一种神奇的树叶,这样我就得离开一天一夜。并且如果你们想恢复健康,那么就要完成一件事。明天我走了后,你们就得干活,你们要想恢复健康,就必须在我回来之前干完了所有的活。否则的话,就还是原来的老样子。但是不管怎样,我会当男孩的眼睛,会告诉他世间所有美好的事物,我也会当女孩的双腿,为她奔走四方。我只会做,但不会把这些当成我的愿望。说真的,如果你们两个能恢复健康,那我会很高兴,但如果你们都离开了我,我会很难过的,因为我又会是一个人孤零零的啦。"

过了不久,女巫问那个女孩:"孩子,这里如果是你家,你会做些什么来让这个家更加舒适?"

女孩说:"如果是我,我会除掉屋后小森林里的带刺的灌木,这样哥哥就可以随意地走动,而不会被刮伤啦。"

"嗯,不错。"女巫说,"男孩,那你呢?你会怎么做?"

"我会搬动山谷里的小石头,妹妹在草地上玩耍时就不容易受伤。"

女巫说:"好,你们都为自己定下了目标,那么这就是你们要做的事,同时这也是魔法的一部分。即男孩在我回来之前把小石子要清理干净,女孩则要保证屋后看不到带刺的灌木。说实话,你们的这两个愿望也不是那么好达成的。"

女巫说完就走啦。孩子们却高兴不起来,因为双目失明的男孩该怎样清扫所有的石子;瘸着双腿的女孩该怎样清理林中的灌木?他们做了一会儿,但是感到心有余而力不足,于是想要放弃。但是他们还是站在那里想象着这里就是他们自己的家。突然奇迹出现了,上次那位穿着破旧斗篷的老人从山坡的另一侧走过来,两个孩子见到老人后感到很高兴。老人小憩了一会儿,孩子们就跟他抱怨,说他们不管怎样都达不到女巫的标准。

"我真想……"男孩刚想开口，老人就"嘘"的一声打断了他。

"许愿是没有含义的，"老人说，"但是如果有人帮助你就有用，三个臭皮匠赛过诸葛亮。"只见他把手放在他嘴唇边，吹出哨声，霎时天空变得昏暗起来，空中飞来了很多只鸟，每一只的口里面都含着一粒石子，过了不久山里的小石头都没啦。老人又吹起口哨，不一会儿小兔子从四面八方聚集过来，它们都跳进了森林里，很快就啃断了所有的灌木的枝干。灌木倒在地上，狐狸又跳了出来不到一个小时就拖走了灌木，森林很快就焕然一新啦。这时女巫也回来啦，她看到他们完成了任务后，感到很欣慰。

女巫拿出收集好的树叶后把树叶酿成了一壶药酒，分别给男孩和女孩喝。"但是，你们喝完之后不能说话，如果在日落之前，哪怕只说了一个字，那么你就不得不打回原形。"

两个孩子郑重其事地承诺了后，咕的一声就喝下了药酒。男孩慢慢地睁开了眼睛，看到啦! 红的花、绿的草、林间飞翔的蜂鸟，他兴奋起来，忍不住大叫："啊，妹妹，我看到啦!我看到啦!"话音刚落，他又失明啦。同时，妹妹也感受到双腿的强有力，心里面也感到很高兴，她只是举起双手来朝空中不停地挥舞。当她听到哥哥的呼喊后，心里既感到高兴又有一丝难过。高兴的是哥哥能看到啦，难过的是哥哥看到的时间是这么短暂，于是她暗暗下定了决心，一定不要重蹈覆辙。于是，她只走上前，拉了哥哥的手，亲吻了下他的脸。

太阳落山啦，男孩静静地坐了一天。他转过头去，对女巫说："你是为了我们好，你善良，尽自己的所能来帮助我们。虽然我看到的光明是那么短暂，但是我已经很满足啦，而且我的妹妹成为健康人，就凭这点我也很感激你，我的巫师妈妈，来吧，和我们一起居住吧，我会给你我们的所有。来吧，和我们一起居住吧，我们会让你看到我们所喜欢的鸟儿、树木还有花朵，来吧，和我们一起居住吧，我们会尽力报答你的。"

听到这些话，女巫突然鼓起掌来，只见她又唱又跳，告诉男孩和女孩他们的咒语解除了：因为他们完全接纳了女巫。

"现在我不再是女巫，"她说道，"我是你们的妈妈。你们的妈妈没有死，只是许错了愿而成为今天这副模样。"

男孩重又获得光明，妈妈又变成了昔日那位美丽、善良的女子。他们三个回到了自己的家，幸福快乐地生活着，好久好久。

银色大地的传说

饥肠辘辘的老巫婆

不得不提一嘴，在森林旁边住着一个老巫婆，她已经存活了上百年，有些年老胃口还不小。这片森林真实存在着，现在在乌拉圭境内，与巴西和阿根廷接壤处。那时候，有着许多凶猛的野兽，它们大都喜欢集聚在黑暗无边的潮湿沼泽，翅膀张开着，就能遮蔽住青天白日。在地下的蠕虫形体巨大，爬过崎岖的山峰和坚硬的石块对于它们而言不算难的，它们自己看起来就是一座小丘或是石堆。这里的故事如同溪水似的，咕咚咕咚地源源不断流传出来。森林里的老巫婆，她拥有一块石头，这块石头是碧绿的，像极了一个磨钝的箭头，看着极其普通，可女巫的强大能量大多来自于此。女巫耗费心血拿到手,究竟有什么非凡的作用呢?知道这块石头的秘密的人就明白其有多么珍贵了:只要拿着它,无论是谁都能在日出之后、日落之前遨游天际。千万要铭记于心的是,除了夜幕降临时。

神奇粉末是老巫婆的另一件宝贝。只要撒上一点,就能有显现出奇特的效果:轻易把任意一种植物变成动物,例如,能够把藤蔓变成毒蛇,把荆棘变成狐狸,把树叶变成蚂蚁;不仅如此,还能让一种动物变成另一种动物,比如,把猫变成美洲豹,把蜥蜴变成鳄鱼,把蝙蝠变成更为可怕的生物。后人听说神奇粉末是拿树蛙风干的尸体与羊奶混合制作,不知是真是假。而制作的方法只有她一个人知道,如今早已失传。

老巫婆的身影一直都在祖祖辈辈口耳相传的故事当中。从呱呱坠地的孩童到耄耋之年的老人,无不例外都知道她的大名。她呀,有些上了年纪,但是胃口依然如此好,专门吃那些牛、羊、猪。居住在附近的村民家中动物大多不翼而飞,就是老巫婆干的好事。有些勇敢的人提出拿弓箭想射死她,但箭到了真正朝着她飞过去的时候,她用魔法把箭折弯,完全没有办法射穿皮肉。所以后来,人们每年主动把养肥的牲畜牵出一半,放进村口的畜栏献给女巫,以求另一半剩下牲畜的安宁。

又到了一年一度牲畜肥壮。人们将要把花费心血养大的牛羊猪将要献给女巫。村里有个才思敏捷、智勇双全的年轻人站了出来，话不多，但考虑问题很全面，他阻止着大家献祭的行为。

人们不明白他这样做的原因，年轻人回答说，他恰好在昨晚做了一个奇特的梦。梦境里，他化为一只笼中鸟。在他的身边清香诱人的爬藤攀沿着笼子的细条缠绕着上来，勉强挤进笼子的栅栏，绽开出一朵白色的花，于是他不再孤单。年轻人看着花儿入迷了，微微眨了眨眼后发现小白花突然成了一位楚楚动人的少女，微笑着把手里的金色钥匙交给自己。年轻人用钥匙打开了锁着的笼子，与少女一同漫步至远方，在原地留下一个空壳子。这时，年轻人醒了，梦还留在脑海之中，耳边还萦绕着悦耳的歌声。他不知道最后少女和笼中鸟去了哪里，但无论如何，结尾一定是蘸着蜜般甜蜜的。

年轻人总觉得少女在梦中的到来预示着点什么。于是，他下定决心要保护村民，把那个可恶的女巫婆找出来。只要她不存在了，那么他生活的土地上，就再也不会受到巫术的迫害与压榨，人们再也不用担惊受怕。年轻人执意要去找女巫，不听别人的劝诫。他反抗着说："我们不能纵容着这个恶魔，尤其是破坏我们过着安适勤劳的生活状态，我们要供养着白吃白喝的人,还要给她我们根本舍不得卖的牲畜,这就是不公平的。"

当地的智者把这位敢于与邪恶势力作斗争的年轻人称为勇士,受到当地人的爱戴。第二天,临出发前,来送行的人们面色苍白、颤抖着身体把他送到森林边缘。在一些村民的目送之中,他头也不回地踏入了森林,早已抱着强大的决心,为寻找巫婆并与之决斗的事。

年轻人前几天都在马不停蹄地赶路。日月星辰,斗转之间,第三天的时候满眼芳草如茵、鲜花似锦。走了很长时间的路途,有些乏了,他在湖边一棵树旁坐下,打起瞌睡。年轻人平时就有在露天睡觉的习惯,加之这里空气清新环境优美,很快就倦意十足。恍惚中他看着地上的叶片像是什么坏东西,于是他爬上树,选好可以躺下的枝桠,很快便进入了梦乡。

在他睡着的时候,老巫婆在湖中出现了,她把手里的篮子扔进湖中,开始捕起水里的鱼,还扯着沙哑的喉咙哼着她自己的歌:

"抬头有飞鸟,
低头见游鱼,
人间不公平,
还是死了好。"

巫婆唱得含糊不清，谁也不知道她到底想说什么，不过意思大概是这样。别听她唱出的这首歌那么难听，越难听的越含着一种你无法想象的强大魔力。不信你看，水里的鱼都随着歌声被吸到篮里了。不小的篮子瞬间装满了，女巫又掏出一个柳条箩筐开始装着水中的鱼。

女巫刺耳的噪声吵扰了年轻人。连梦都没有做完就睁开双眼朝树下看去，突然，看到一个满脸皱纹的老巫婆在眼前的湖边，还有一筐鱼，鱼都满出来了，七零八落地散在外面，有的还不停地在岸边扑腾。他目睹这一状况很是气愤，鲜活的鱼儿就这样白白浪费。可是他刚想掏出随身携带的长矛，却意识到是被藏在了树下的草堆里，没有在手里。这么好的时机，因为没有可以利用的武器而只好暂时放弃了。况且走了那么长的路，他实在是又渴又饿，实在没有多余的力气，只能静静地躺着不动，不让巫婆发现，回头再找机会杀掉她。

他躺着不动的这个念头并没有起到什么实质性的意义。老巫婆是什么人？别看她虽然老了，看着湖面，就觉得水中倒影有些许奇怪，一抬头就看见是个年轻人正趴在树上。她想，要是带着绿石头就好办了，根本就不用再费尽心思。主要现在，既没有魔法，又爬不上树。

"孩子,你是不是赶路有些累着了,下来吧,我给你填饱肚子的东西充饥。"

年轻人听了有些犹豫,这是巫婆谎言,是想骗他下去,根本不能轻信。于是就笑嘻嘻地说,待在树上很舒服,地下没有什么意思。巫婆听后知道年轻人不肯下来,敷衍着。于是心生一计,想要诱惑着这个三天没有进食的小伙子:

"孩子,我喜欢结交朋友,和他一起分享美食。你看,我有新鲜水果,我还有甜甜的蜂蜜,不仅如此,篮子里有今天刚抓上来的活鱼。快下来吧,我膝下没有一个孩子,时常感到孤独,正好在森林遇见了你,是上天注定让我们聊聊天呢。"

年轻人再怎么有勇气,他也是个人,看见地下那么多的食物越来越饿,几乎肚子的响声快让巫婆听到,但静下心来,少女出现在心头,于是他保持着微笑,对巫婆说:"你还有什么招数吗,全部使出来吧?"

巫婆听完之后怒气冲天。她跳来跳去,龇牙咧嘴,面目狰狞,像老虎一样挥舞着长长的指甲。看到女巫这般恐怖的模样,本性暴露了出来,年轻人依然待在树上。巫婆气急败坏,随手举起一块石头对准年轻人在的那棵树扔了过去,树枝被石头砸得摇晃了几下。

巫婆只能原地干站着,眉间紧锁。过了一会儿,她手脚并用,在自己周围刨出一小堆草,还一边扒拉一边念念有词,好像是念咒语又好像是哼着歌。不念奇奇怪怪的语言的时候就骂骂咧咧。等攒够了草,她就往草上撒了灰色的粉末,念着:

"快爬呀,快爬呀,
爬上树干,
快爬呀,快爬呀
爬上树枝,
缠住那个大活人,咬他,折磨他,
快爬呀,快爬呀!
让他像烂苹果掉下来!"

巫婆咿咿呀呀地嘴里念个不停,时不时往草堆上撒一点粉末,屏住呼吸只见那团草动了起来,好像里面躲着什么动物一样。很快没根的草叶逐渐缩小了,卷成一个褐色的圆球,伸出几条一样纤细的线,成了动物的腿。最后每片草叶化为一只蚂蚁。它们一齐爬上树干,爬上每一片叶子、每一根树枝,大树一下子变成了一片漆黑。巫婆起初喃喃自语的音量,现在越来越大,简直像一个疯子在大喊大叫。她一边挥舞着那双粗大的双臂一边嘶喊:

"快爬呀,快爬呀,

饥肠辘辘的老巫婆

爬上树干,
快爬呀,快爬呀
爬上树枝,
缠住那个大活人,咬他,折磨他,
快爬呀,快爬呀!
让他掉下来!"

蚂蚁相当听话,逐渐靠近着在树上的年轻人,巫婆还念着咒语,挥舞着长着长长的指甲,发号施令:

"缠住那个大活人,咬他,折磨他!"

年轻人知道自己的麻烦要来了,蚂蚁密密麻麻,手无缚鸡之力。年轻人只好选择爬到更高处躲避蚂蚁往上蜂拥,一步步爬到伸向湖水上方的那根枝干。但是蚂蚁离自己越来越近,实在没有地方可以退却了,耳边的巫婆的尖厉声音更大了:

"快快快,缠住他,咬着他,折磨他。"

蚂蚁迅速爬过来,到了湖面上方的树枝,进攻着他的手臂。眼见已经没有路可逃,年轻人没有法子,只好从树上纵身一跃跳进湖里。哗啦一声,水花四溅,他已经在冰凉湖水中了。他想以潜水的方式游到岸边,结果气憋得喘不过来,没游多少米就把头露出来呼吸。突然,湖中央有什么奇怪的东西动来动去,他想起来巫婆的渔网还在湖中没有收起来,自己可能完了，八成是掉进了渔网中的漩涡里了。年轻人努力挣扎着，想竭尽全力从渔网里逃脱出来，然而还是困在网中。巫婆会法术，要是落入其手，再强壮的人也不过柔弱地像一条小鱼，难以脱离出她的掌心。年轻人被鱼、水草、虫子还有淤泥缠住了，他的头卡在巫婆那个篮子里面，怎么也游动不出来，拼命扑腾后头晕目眩、疲惫不堪。他感觉周围的东西还在朝一边缓缓移动，捞鱼的篮子也是。

不久，年轻人跌跌撞撞地被水流带到一处散发着邪恶气息的地方，巫婆在这一带施着法术，年轻人不会记得自己在这里发生过什么事。他变得恍恍惚惚，意识也模糊起来，是另一个世界里了。他被卷进一座石头做的房子，透过墙上的缝隙往外看，是巨大的灰色石块，没有青草树木。他想起了以前做过的梦，感觉这里的布局跟梦里很类似，不对，几乎一模一样。

不过，他并没有完全清醒，无法辨别真实与幻象。其实现实跟他的梦境相差很大。他现在并不在当初的那个笼子里面，周围也没有青绿的藤蔓，以及藤蔓上也没有开出花朵——没有这些，反之，出现了不一样的事。不一会儿，石墙上有一扇门，门外明亮的光芒从门缝中进入，亮得他睁不开眼睛。等他张开大眼，看清楚了才发现，光下站着一位美丽的少女，散发着优雅的气息。她向年轻人伸出手，意思是领着他走出黑暗的石头房。他们随之走进一个大厅，里面还有熊熊燃烧的火焰。她知道年轻人的遭遇，少女蓝色眼睛中泪水盈盈。她打开其中一扇格子门，叫年轻人躲在里面。

"我也是被抓来这个地方的。记得很久以前，我一来，巫婆就把之前做她奴隶的那个人给杀死了。从此我便是独自一人，成了巫婆的奴隶。那个先前做工的女孩，在临死之前跟我说巫婆有一块绿石头，并且告诉我巫婆的神奇粉末怎么用。她把你抓来了，肯定就会杀掉我，要你成为她的奴隶，等到她看你厌烦了，就会开始寻找下一个牺牲者代替你。这样的事情很早之前就发生了，不停地重复着。每个进来这里的前人都会跟新来的人讲绿色石头的故事，但是，直到现在也没有一个人敢动那块石头。"

年轻人听罢，想要带着少女一起离开这个巫婆控制着的可怕地方。他刚开口说话，石屋外就响起了巫婆的脚步。

"快藏起来，她来了，"少女说，"等拿到绿石头我们就能飞走了，有个人在我似乎变得勇敢了，我一个人时连想都不敢想。"

然而年轻人并没有试图躲起来，还是直直地在石屋中间。姑娘只好一把把他推进一间小屋，关上了门。小屋里的年轻人隐约听到巫婆进来后往壁炉里扔了一堆木头。

"我找到了新的人。你也养肥了，可以送入我嘴巴里了。隔段时间就能饱餐一顿真是满足。今天,有个年轻人来,往后那个人也会跟你一样,作为我的口中食物。你赶紧去给我准备胡椒和盐巴。赶紧的,我要饿死了,和那家伙周旋一天。我都闻到了你身上的火中烤着的吱吱肉香,不要让我等太久。"

少女赶紧去另一个房间找调料了,巫婆跪在炉子前开始生火。不久少女就拿着东西回来了。少女把调料递给她,趁巫婆不注意,少女故意往她身上撒了一点——其实她拿的不是用来做肉的调料,而是白色的神奇粉末。然而,巫婆一心惦念着美味,并没有察觉到那是她的神奇粉末,以为姑娘笨手笨脚把盐和胡椒撒在了她身上。巫婆十分嫌弃,便生气地抓起少女的脚踝把她扔进了格子小门后的那个小房间里——也就是那个年轻人在的地方,然而巫婆并没有看到藏在里面的年轻人,朝着少女怒吼道:

"没用的家伙,待在一边吧,只能用来烤熟了吃!"

少女悄悄把刚才拿调料时候偷来的绿石头放到年轻人手里,于是,他们立刻能穿过窗户飞到石头屋外面。由于老巫婆身上被撒了粉末,转眼变成了一个庞然大物,挤在了壁炉前,根本跨不出一步。年轻人和少女此刻在天空中飞翔着,看到窄窄的山谷里那间巫婆的房子,看着巫婆正想方设法要从屋顶上露出身子。

饥肠辘辘的老巫婆

两个人便抓紧时间，搭乘着绿宝石又轻又快地往高处飞；然而他们见巫婆不再膨胀了，从房顶迅速地飞了出来，然后只听砰的一声，巫婆的身子爆炸了，瞬时变回了原形。巫婆看到他们俩在头顶的天空飞翔，跟着他们飞的方向追去。

男孩和女孩飞得越来越快，巫婆也不甘示弱地紧随其后。不幸的是绿石头只能在白天有魔力，到了黄昏以后就失效了。巫婆看到太阳缓缓下山，山丘拉长了影子，不由得高兴起来，这是因为她明白天黑以后石头就失去了魔力。于是淡定地继续大步流星地往前走，跟天上的两个人速度保持着一致。巫婆走得轻快极了。地上没有哪匹骆马能跑得像她那么轻，也没有哪只鸵鸟能跳得像她那么快。

看着红红圆圆的太阳渐渐往地平线下沉，少女忧心忡忡。少女告诉年轻人，石头的法力是有限的，它只能在有光的时候发挥飞行的作用。没有了照射，就无法帮助我们，最后会落到地面。少女在路上想着办法，于是她朝着地面撒了点神奇粉末，几片草叶很快变成了几只肥美的兔子。巫婆看到肥硕的兔子，忍不住跑上前把它们捉住，然后全部吃掉了。这样的举动为他们赢得了不少的逃命时间。

不过，巫婆很快追上，速度比之前快了。少女接着又往地上撒了点粉末，这次把荆棘变成了狐狸，老巫婆看见忍不住去吃了，又拖延了一点时间。太阳越来越下沉了，光也越来越少。两个人不停往地面坠落,只比树梢稍微高一点点,巫婆就在他们身后,没几步之遥,很快就能赶上他们。

前面就到了年轻人遇见巫婆时的那个湖,湖面倒映着夕阳,是一片染过色的火红。石头的魔力快要消失了,而巫婆也离他们越来越近,他们甚至都能听到她的呼吸声,以至于想到了待会巫婆邪恶凶猛的爪子刺穿皮肤的疼痛感觉。

他们飞往湖边,撒着最后一把神奇粉末,草叶变成了蚂蚁,巨石变成了乌龟。他们借助绿石头最后一点微弱的力量飞跃过湖面,差一点双脚就要碰到水面,石头的魔力没有了。

老巫婆看到乌龟又停下来饱食一顿,利用这个时间差,年轻人和少女凭借石头最后一点力量飞到了湖对岸。但是,老巫婆扑通一声跳下水,游起来也与在地上跑得一样快。少女害怕得站年轻人身后。巫婆游得实在太快了,一左一右的水花飞溅到身上。眼见着巫婆游过湖就会抓住自己了。

但是,她刚游到湖中心,刚才吃掉的乌龟就在她的肚子没消化,开始拖着她往湖底沉。这下巫婆挣扎着大喊大叫,四肢使劲拍打着水面。湖水因为她的搅动摩擦发热,冒出了不少蒸气,蒙眬之中,最后巫婆耗光了全身力气,乌龟像重锤一样把她拉入水中,沉进了湖底,再也看不到她的身影。

年轻人带着美丽的少女回到村子,村民见了欢天喜地,此后，少女与年轻人结为夫妻。少女被认为是当地最善良最美丽的女人，颇受村民的信赖。

魔镜的故事

很久以前有个富翁,他有一个女儿,名叫苏索。富翁心地善良,他热诚地对待到他家门前乞讨的流浪者。所以富翁所在的方圆百里没闹过饥荒,大家吃饱穿暖,过着衣食无忧的舒适日子。父女俩也是彼此照料,女儿被爸爸夸作贴心小棉袄;做父亲的看到女儿笑容满面,他自然也会感到美满幸福;而作为父亲的女儿,爸爸高兴了她便感到欣喜。

在姐姐出嫁后,富翁打算在鸟语花香的山丘上,建一座完全属于苏索的大公园。公园不久建成,此后有很多动物在这里安了家,每个角落是欣欣向荣的欢快景象。每天在这里,苏索会同朋友们载歌载舞,歌声飞扬。大公园里的一切带着自由的翅膀,各处芳草萋萋,有很多有趣的地方,清澈凉爽的小溪水从高处的山丘缝隙里流下,缓缓地淌入方形池塘,而水流声和树叶的沙沙声一唱一和,为鸟儿的歌添加了生趣。

在一段时间里,欢乐充盈着这偌大的土地。可是,好景不长,自从父亲娶了一个女人回家后,这里经常发生一些怪事。一天,父女俩在园中散步,父亲平静地告诉女儿,他身患重病,不知何时就会离开这里,他非常担心死后女儿如何生活。那天晚上听完父亲的话,苏索整个情绪笼罩着重重乌云,万分沮丧。父亲还说,他这个病症因为中了某种巫术,才会一天比一天疲惫、虚弱下去。许多有术之士和医技高人一同来看望他,他们围坐在一起讨论,研究着富翁生病到底为何,最后只能讲出了笼统的结论:这个病不像是正常人得的病。究竟是哪里出了问题,他们也说不清。所以他们认为只有查出这个病因,父亲才能好起来。苏索因为父亲生病,闷闷不乐很久了,她现在总是一个人待在花园小角落,低头向小花小草倾诉苦恼和悲伤。

继母一直不喜欢苏索,而且摆着一副丑恶的嘴脸。当丈夫在身边时,就对苏索很好,像慈母一般抚摸着她柔顺的头发,说话婉转动听。相反,不同丈夫在一起时,她就变了一个人。恶毒的继母太伪善了,连苏索的父亲也蒙蔽其中,老是

觉得她对女儿犹如亲生的,关怀备至。在跟女儿讲了病情的那天晚上,父亲看到女儿泪流满面,就宽慰她说:

"别哭,好女儿,要是有天我不在了,你继母会照顾好你的,她对你不差,挺爱你的。"

女儿听了父亲的话,止住啜泣,擦干眼泪,怕父亲知道真相会更加痛苦。父亲看到女儿平静下来,以为她理解了自己的心意,于是也就放心了。

其后的一个白天,发生了一件事情。苏索对继母产生了疑心:那天父亲、继母和女儿三人一同站在公园的喷泉前欣赏景色。突然,父亲感觉心脏像被重重一击,只能坐在石椅上来缓解突如其来的刺痛。等过了十几分钟,他说感觉好些了,不再有强烈的绞痛。便让女儿搀扶着他回到屋子里歇息。等他躺下了、盖好了羽毛毯之后,父亲低语让女儿去陪伴继母。女儿虽然心里想守护着父亲,但她还是听了父亲的话去喷泉那里。她极其不乐意,又因父亲这样苍老患病而闷闷不乐,所以她不唱歌,也不跳舞,跟平时一样步履轻巧地回到继母那里。这时,她瞥见继母在跟一只停在老树洞里的猫头鹰窃窃私语!苏索在稍远处吓坏了,一时紧张得说不出话来,心像加了马达似的狂跳。女人不经意回头看见了苏索,急忙跟猫头鹰使了眼色,猫头鹰立马闭上了嘴,垂下了头竖起两只耳朵。继母转身走去,拉起苏索的手,走到一处可以让富翁看得到,但是听不清她们说话的地方。富翁透过窗户缝隙看到妻子和女儿和睦地站在一起,他想:妻子是一个可以相信的好人,有她在的话自己就算走了也可以安心。继母拉起苏索的手轻轻环绕在她自己的腰上,这个亲昵的动作,让富翁更觉得宽心和温馨。然而,如果他能够听到妻子对女儿说的话,就不会这般想了,一定会悲痛欲绝。

继母的话语句句像涂了毒汁的针那样尖厉。她又故意让猫头鹰也听到这些话:

"苏索,用你的胳膊抱住我,给你父亲看到,这样他肯定觉得我特别爱你,我会好好照顾你。"接着她靠近少女,在她的耳边悄声说,"但这都无法阻挡我恨你。"

猫头鹰从自己的窝探出整个脑袋,重复道:"她恨你。吼吼!"

森林里传来另外的猫头鹰的附和,像回声一样接着悠远缥缈,"她恨你。吼吼!她恨你。吼吼……"又好像所有能发声的东西都在叫着,苏索感觉万物所有都在无缘无故地仇恨她,就连她最喜欢的那些羽毛光滑鲜亮的鸟儿,也都不在花园了。

猫头鹰跳到了比较低的树枝上想要听得更多的信息。继母接着又开口伤人,她说:"苏索,你父亲活不长了,他中了巫术，死期离他越来越近。我自然感到很高兴，那是因为等你父亲死后，他名下的土地和房子就属于我了。

苏索听完继母这番恶毒的话简直差点昏倒，她又愤怒又恐惧。想要赶紧告诉父亲他这个新的妻子丑陋的面目。但是这个带着假面的女人不愿放开苏索的手腕，好像要用力把它撕碎，另一只手则掐着她幼嫩的手臂，这是一种行为上的威胁。又附耳说道，"只要你保证今天的对话内容什么都不说，从今往后听从我的话，等你父亲死了，我一样会好好对待你"。

这一幕富翁看了个正着，在他眼中，就是妻子在俯身亲吻女儿的样子。

然而苏索该怎么做呢？

苏索只能躲进寂然无人的地方，倾诉给窸窸窣窣的树叶她非人的遭遇，还有在旁边悄然拂过的晚风。看着满园中，金色灿烂的阳光、波光粼粼的水面、芳香扑鼻的鲜花，还有浓密葱郁的森林，她却一点都没有心思，抑郁在心头的愁绪凝结成雨。父亲曾为女儿投入的心血与爱意将化作一场空，很快这美好的地方要易位他主。

花园里可爱的小树听进去了苏索的遭遇，一传十、十传百，森林里所有的树都知道了苏索所经历的故事——然而苏索并不知道森林的树倾听着她，关注着她。

魔镜的故事

山的另一头住着一位小伙子,他有一头褐色的头发,双目炯炯有神,四肢健壮有力,认识他的人都说他是个善良诚实的少年。他有一个好听的名字,叫作华希亚。

他是个牧民,每天要赶着山羊和羊驼去山头放牧。一天他正在放牧的时候,看到在高空中有只盘旋的秃鹫,嘴里好像含着什么,不断地散发出像耀眼明星般的光芒,能照亮到很远很远的地方。半路,秃鹫嘴里的东西像一颗闪烁流星划落大地,秃鹫在灌木丛后面栖息,华希亚这时什么也看不清楚。很快,秃鹫又飞向空中,但是,它嘴上没有叼上那个闪瞎人的却不知名的东西。华希亚走到秃鹫刚才所在的地方,发现有一块圆形的银色东西躺在地上。他伸手捡,惊讶地发现竟然是一块边缘平整光滑的镜子。华希亚把镜子收了起来,晚上带回居住的地方,拿出那捡来的镜子给一个牧民看。那个牧民见多识广,他睿智地告诉年轻人,这镜子是帕拉卡卡魔镜,但帕拉卡卡本人早已去世。他还说,普通人往镜子照,只能看到自己;但是,镜子的主人就能看到背后别人不知道的东西。"他拿着这面镜子就能看到隐藏在深处的灵魂,能看到人脸面具背后究竟是跳动着什么样的心。比方说,一个人有着人类皮相,却有狐狸一样狡猾的性格,那么,你拿着这面镜子就能照出他的真实的本来面目。"

华希亚听罢感到好奇与惊异。他试着拿镜子去照智者的脸,果然镜子里映出的不是此刻的他,而是充满皱纹,带着山羊胡,面目祥和并善良的脸。年轻人知道以后便把镜子装进包里随身带上,像是得到了一件宝物。翌日,华希亚在森林里靠着树根吹笛子,隐隐约约听到一阵细语,便把笛子放在一旁。细小而低沉,从一棵树的树冠传至另一棵树的树冠,从一片树叶跳到另一片树叶,年轻人终于在密集而成的声音里知道了一件事,山那边的土地上,有一位富翁正身患重病,她女儿遭遇悲惨,可恶魔却在那边兴风作浪,并不消停。

华希亚听明白之后,不愿再耽搁时日。于是,他把山羊和羊驼托付给朋友,带着弓和箭,塞一点干粮放进包中,并且带着那面独特的镜子,告别朋友后,前往富翁所在的那座山。那天早晨森林里没有一丝声响,就在他刚启程动身之际便听到了一阵鸟儿清脆的鸣叫。华希亚他虽然衣衫褴褛,却有一颗平和笃定的心,加之歌声更令他愉悦了。

华希亚抵达富翁的土地上,恰好一位少女坐在树下,簇拥着鸽子,身旁飞舞蜂鸟;原来这个少女就是苏索。苏索抬头看到男孩,不知道为什么,忧伤的心一下充满希望——虽然从来没有见过面,但她那心莫名感觉到,他是诚实的、值得信赖的善良男孩。

"你是不是没有饭吃?过来吧,我给你饭和衣服。"

"不是,我不是乞讨的,"男孩说,"我过得很好,我是在另一边山头的。我曾经听到森林中的树木在交谈,听到了大树小树相传的故事。说是有个女孩特别悲伤,遇到了恶魔的迫害,我是来帮助你们的。"

苏索听完男孩讲的,忧郁的心情终于照进一道五彩缤纷的彩虹。她牵着男孩的手把他带到了父亲那里。此时富翁的身体虚弱到不行了,当他看到女儿交到新朋友之后感到非常庆幸,便吩咐仆人在树下摆了一张桌子,上面有水果、羊奶和面包以及许多好吃的。然而生病的富翁还是吃不下太多,华希亚见状,拿出笛子吹奏,公园里恐惧和悲伤消失不见了,刹那遍布平安、喜乐。苏索随着笛声唱和着,听着女儿欢乐的歌声,富翁便觉得患病只是暂时的一场噩梦,没过多久就会守得云开见月明。

三人聊了许多。华希亚知道了富翁体力衰竭是因得了没法查明的病,想到魔镜或许能照出他身上究竟发生了什么,于是就对富翁说:

"希望这面镜子能让我知道你的病是怎么回事。另外,我有一个不情之请,我恳求您答应把苏索嫁给我,我爱她。"

富翁陷入了思索,轻轻摩挲着膝边女儿柔软的头发,他没想到年轻人会提出要娶女儿的要求。他看到她含蓄地垂下了睫毛,过了一会儿,她抬起头殷切地望着父亲,然后跟父亲一同望着华希亚。富翁微微点头,默许了年轻人。这时森林中响起鸟儿的叽叽喳喳,而风中的树叶哗哗啦啦像鼓掌一样,都在为男孩女孩祝福。

父亲微笑着说:"要是你知道了我的病由什么引起,还能帮我治好的话,我的女儿就是你的人了,可是我不放心女儿离开我身边,所以你要留在这里。"

华希亚爽快地答应了。他亲吻一下苏索的额头,便跑进树林里溪流灌注的池塘旁边睡觉了。这时,继母从房子里出来走到树下,过来跟丈夫和女儿谈天说笑。

当夜,天空中升起一轮弯弯的新月。蛙声此起彼伏,叫得华希亚没有办法睡觉。他只好坐了起来,瞬间清醒了:周围除了蛙声又有各种噪音,特别是猫头鹰的呜咽声和蝙蝠的吱呀声。他环视四周,一只丑陋的白色蟾蜍在他周边,个头巨大,还是两个头,在蟾蜍的身边聚集起来骇人的毒蛇、千足虫,还有巨大的灰色蜘蛛从石头底下的土壤里爬出。噪声越来越响,华希亚感到头晕目眩,身体软塌塌的没有力量。周围各种奇怪的东西似乎长着一双双邪恶的眼睛,从森林黑暗的深处恶狠狠地盯着他。光线昏暗,华希亚依旧努力睁大眼睛盯着它们。

猫头鹰最先低声怪叫着唱起了一首歌:

"我们的女王在哪儿?吼!吼!"

其他的生物跟着一个接一个唱道:

"我们的女王,她就是蟾蜍,就是蟾蜍,她藏在石头下面,人们难以找到!"

一场恐怖的噪音乐队表演开始了。猫头鹰、蝙蝠还有大蛾子扑闪着翅膀盘旋起来。华希亚听腻了这些唱词,用手捂着耳朵赶紧跑向远处,他找到一处僻静的地方坐了下来,但耳边还回荡着那些歌词:

"我们的女王,她就是蟾蜍,她藏在石头底下,人们就是搬不动!"

他想来想去都想不出人们搬不动的那块石头在哪处地域。哪里的石头会搬不动呢?他想到了,是群山上那个巨大的寺庙,但那个地方离这非常远。

第二天,华希亚去富翁家时,富翁专程出门迎接他。继母跟在富翁身后,她那双邪恶的黑眼睛总是有意无意地朝着华希亚。苏索也跟在父亲的后面,华希亚的目光无法从她身上移开,他认为眼前的这个女孩是世界上最善良、最美丽的。每当她坐在矮凳上靠在父亲脚边的时候,她金色的头发就在光照下闪闪发亮,特别有魅力。他们边说边笑,华希亚吹出来悠扬柔美的笛子乐声让人心旷神怡。苏索在华希亚吹完后唱着歌,虽然歌声里略微伴着忧伤的气息,但是父亲依然满足,好像花园中美丽、温柔而美好的东西都在他身边那样,不会离开而历久弥新。然而,他对视妻子的两眼,又恍然知道自己时日不多,痛苦和悲伤渐上了心头。

他们不知不觉谈到魔镜。于是,华希亚拿出魔镜先照了照自己,苏索看到之后站在他身旁一起看。华希亚看到镜中苏索如鸽子一般温顺,像鲜花一样纯洁美丽,像白兔一样善良;接着,富翁越过华希亚的肩头看着镜子,少年看到了一张坚毅且善良的脸庞。这时,继母急忙从桌子另一头伸手抢过镜子来看,哇,你们猜华希亚看到镜子里是什么?并不是继母黑色的头发和深色的眼睛,也不是一张骄傲的人脸,而是一只蟾蜍。继母抬起手又擦了擦镜面继续照镜子,华希亚更能确定了:一只长了两个头的蟾蜍。继母丝毫不知道华希亚能看到真实的面目,更不知道华希亚已发现了她女巫的身份,还在照着镜子。随着继母思绪的变化,华希亚在镜子里看到更多邪恶丑陋的东西,继母脖子上缠着两条白色的蛇,华希亚心中顿时充满了恐惧,费了好大劲儿才把嘴边想要说的话咽了下去。继母照够了镜子就转身回屋。

夜晚大量的睡眠也不能让富翁获得足够的精力,时常感觉很快就累。他站了起来让华希亚扶着他,苏索从另一边搀扶着,三个人一起慢慢走到鲜花环绕的房间。苏索给他盖好了羽毛毯后,富翁让华希亚再吹一首笛子曲来听听,他没有拒绝,但华希亚的脑袋里还是反复闪现着长着两个头的蟾蜍,和两条相互缠绕的白色蛇,不由得紧张害怕起来,悠扬悦耳的笛声变得超级难听,就如同一盘大杂烩,什么蛙鸣和蛇的嘶嘶声,鹦鹉尖声怪叫都融入其中。苏索一听就拿双手堵上了耳朵,她的父亲连忙喊停。

"你从前的美妙乐曲呢,我活在人间也不久了,唉,不想再听这些不悦耳的声音。"富翁的语气也受到笛声的影响,虚弱又忧伤,"连续几夜晚,我都梦到一只两只头的蟾蜍,身上还绕着蛇;现在你真是像极了这种像邪恶生物的声音,令我感到失望!华希亚我把你认作我最亲近的孩子啊。"

华希亚焦急地解释说,自己是无意的,也不知道怎么没有了从前的乐音。"我觉得我可能被施了魔法。这里太阳照耀下是那么温暖,我却瑟瑟发抖,感觉有什么邪恶的东西包围着。"

尽管身躯中流淌着温热的鲜血,皮骨却不听使唤地发着抖。他默念着,强迫着叫心不要害怕,不要屈从于虚幻的景象。突然,他不经意看到一块两个人都搬不起来的大石头。看上去是早些年就在这里的,石头周围长满了青苔。华希亚看着这块石头,联想到昨晚听到的歌:

"啊，我们的女王藏在石头底下，人们既搬不动，也找不到！"

昨天晚上还听不出有什么其他的含义，今天一见这块搬不起的石头，他顿悟了。于是，他从包中拿来弓箭交给苏索，并且告诉她说，一旦看到石头下面有什么，就要把箭射向它。华希亚走上前想要搬开石头，尽管有些重量，他还是用强大的意志力推动着臂力把它掀开。放石头的地方寸草未生，是一片荒芜的空地，上面趴着一只长着两只头的白色蟾蜍。

"苏索，快射箭！"父亲马上说，"不能让它逃走了，就是这怪物在晚上侵扰着我，快把它弄死，不能让它再出现在我梦里吓我！"

只听"嗖"的一声，箭快速飞出，刺中白色蟾蜍，直接把它射穿了；就在此时，两条凶恶的毒蛇从房顶上滚了下来，它们长时间藏在那里。华希亚从苏索的手中拿过弓箭，射出两支箭，立马把毒蛇分成了好几段。此时，蟾蜍和蛇的身体渐渐萎缩，最后化成了白色粉末随风飘散消失于人间。就这样，三只邪恶的生物都被射死而不存在于村庄了。太阳终于在乌云前散发出强大而耀眼的光芒照射着这片土地，充满了暖意与祥和。父亲的身体不再虚弱，疾病也不像黏人的橡皮糖紧紧地跟随着他。森林的树叶形成阵阵绿浪,一阵暖和的风拂过,演奏出一曲珠圆玉润的歌。父亲和女儿明白,这片土地上害人的恶魔已经被打败,永远不再出现,而一切邪恶势力就是那个作恶多端的蟾蜍变成继母产生的。

从此,没有了恐怖生物的威胁与伤害,富翁恢复了往日的健康,华希亚与苏索结为夫妻,他们三个人成为世间最幸福之人。

懒　人

在哥伦比亚的历史上，总是能看到猴子这个形象。使用"总是"这个字似乎有点夸大其词，但是从人类的历程来看，猴子似乎从没有远离。有一位历史学家名字叫奥维多，他在自己的笔记中是这样描写的："如果你是一名基督徒，如果你恰好去内陆探险，如果你不得不穿越丛林，那么你们最好躲在盾牌的后面……猴子会从树上扔坚果和树杈……我认识一个仆人，他朝一只猴子扔石头，猴子不但接住了石头，反而把石头扔回来，结果把一个名叫弗朗西斯科的人的牙齿打掉了四颗，这件事千真万确，我经常看见那位倒霉的弗朗西斯科，但是他的牙齿我却没有看见过。"

懒 人

　　一天,一位男人和我说了个关于猴子的故事。他一边吞云吐雾,一边口若悬河。当天晚上万里无云,猫头鹰和蝙蝠在空中飞行,按照它们所特有的轨迹,空气中弥漫着浓烈的烟味。最后这位老人好不容易讲完了故事,但是他还是不肯停下来,又胡诌了一通,或者抓住一个细节在那里大讲特讲。他好像除了讲故事其他事都不会做,或许其他人在一旁倾听让他莫名的兴奋。后来听故事的人都快睡着了,他一个人还在那讲啊讲,随便地把故事的一个片段和另一个片段相结合,和我解释相关的联系和其中的奥秘,而我也云里雾里的,搞得晕头转向。不过,我勉强理出了故事的概要,来分享给大家。

　　这个世界上本来是没有猴子的。树上到处结满了水果,爬满了葡萄藤。人们因为不愁吃的,开始变得懒惰起来,最后只知道吃和睡,什么都不想做。人的懒惰到了无法容忍的地步,比如说水果吃的时候不会削皮,屋子的打扫就更谈不上啦。

　　这样的生活刚开始人们觉得还很满足,可是过不了多久,他们就感觉不那么爽了。因为人们随意扔的果皮滋生了小虫,长着翅膀,小虫发现食物很丰富而且唾手可得,不久也变得懒惰啦。当人们想要洗掉果皮上的虫子时,人们想了很多办法。最简单的解决办法就是搬走小村子,找个地方重新建立居所。对他们来说，新建房子是件很容易的事，不要一天的时间就能建起一座漂亮的新房。在新房旁边有一个小型的湖泊，湖里的水可以饮用，但是湖泊太小啦，没过多长时间聚集起来的人就喝干了这个湖泊的水，人们不得不又回到原来的住处。那些叮人的苍蝇气焰更加旺盛了，比蚊子还让人讨厌的是多了一种叫作黄蜂的虫子，它们长着粉色的头，黑色的脚，黑色的手，金黄色的身体，长得很好看，但是一点都不讨人喜欢。现在接下来该怎么办人们不知道，只会争论不休，吵吵嚷嚷，但是大家一致做出了个决定。

一天，村子里来了个奇怪的老人，只见他衣衫褴褛，有几处还刮破啦，就好像一个冒失鬼刚跌跌撞撞地闯进了荆棘密布的森林里一样，他一头粗糙的黄发，眼角的皱纹让他看起来好像笑眯眯的，他来的时候差不多是黄昏，村民们都在休息，没有人注意到他。他走来走去，东看看，西瞅瞅，过了一会儿他又来到了湖边，又过了一会儿他开始编织篮子，动作非常快，编好后把果皮和果壳都放在篮子里。他的这个举动让大家感到很好奇，有人不时地从吊床里直起身子瞅瞅他，想和他交谈，但是觉得麻烦。不过当人们看到蓝翅膀的苍蝇或金色脖颈的蜂鸟在阳光下闪着光时，人们马上就不记得还有个老头啦。太阳下山后，森林变成一片黑暗，人们都沉沉地睡啦，这个老人还在那编织篮子收拾果皮果核，第二天早晨人们醒来后发现他还是那么勤奋，不过却只清理了一小块的地方。

村长泰拉看到有人竟然能够通宵地工作，激动之余，感到很好奇，为什么这个老人会花这么大的力气忙活一个晚上，因为他看出这个人既不是本地人，也不是住在湖边的那些人。但是他想到要清理掉堆积如山的垃圾时，心情一下子变得沉重起来。于是泰拉叫来了仆人库错，让库错去把老人带来见他。库错答应了他，然后叫来亚那，让他去送信，亚那又吩咐他的仆人马塔……就这样，消息经过了七次的传播才传到他的耳边，老人也被这传话的七个人带领着最后来到了首领泰拉的面前。所有人都好奇究竟发生了什么事，都围了上来。

"你叫什么名字，从哪里来，想要得到什么？"泰拉图省事一连问了三个问题，然后朝老人身边的村民皱了皱眉头，好像在对他们说"你们好好瞧瞧我是怎样做的"。那几个人也心领神会，看到泰拉问完问题后马上点头表示赞同，好像在说领导英明。但是老人只是静静地立在那里，什么也没说，一点都不怕首领似的。

"我想工作，"他说，"你只要告诉我哪些需要人做事，我就做给你看。"

实际上，老人讲的是另一种语言，但是村民们还是明白了老人话里的意思。村民们听了后个个都目瞪口呆，不敢相信他们所听到的。首领虽然也感到惊奇，但他毕竟是首领，很快就镇定下来啦，他继续询问道：

"那你会做什么？"

"我什么都会做，"老人说，"虽然我每项工作不是很精通。"

"那你做什么？"

"我什么都能做。"

"会造房屋吗？"

"会，如果是小一点的东西我也会造，只要你能想到的，我都会。"老人说完，首领听了老人说的，认为这个人不是傻瓜就是呆子。

"我的意思是小事慢慢地积聚起来就变成了一项大的工程。"老人一边指着周边堆积的果皮和果壳，一边说道。

"好好好，你自己干活就可以啦，我们可不干。"泰拉又问了一下，"你能说说你能做些什么吧。"

老人于是从小事说起，一件件，说完了还询问首领是否需要干些其他什么的。周边的人马上围上来说给他报酬，他却说什么都不需要。

群里有位渔民叫培拉，他说："如果你为我工作，你抓十条鱼我分你一条。"他刚说完，一位果农叫拉卡斯的马上把他推开，对老人说："我可比他大方多啦，你摘十个果子，我给你两个。"只见人群在推推搡搡，一个比一个出价高，最后有个负责果皮果壳收拾的人说："你帮我工作，我分文不取，都给你。"但是老人还是说他不需要钱，哪怕是一分钱。

人群马上安静下来，老人准备给首领鞠个躬，然后转背就走，首领见状，马上摆了摆手，说："你走，我不拦你，如果你着急的话，就不用和我鞠躬啦。"周围的人也随声附和道。

老人听了不以为意，转背就走啦，边走边哼着歌，看起来蛮高兴的，他来到了一片他清理过的地方，捡起几块木头，开始雕刻起小人来，每个小人都拿着个类似于长尾巴的手柄。他一边雕刻小人，一边在歌唱，不一会儿就给村里的每个人雕刻了二十多个小人。全部雕刻完后，他站起来伸了伸身体，周围的人问他雕刻这些小人有什么用，他只是不说话，耸了耸肩。接着只见他把小人一字排开，摆成了一个阵列，然后走到它们面前，像将军似的，审视着这支自己亲手打造的军队。小人每个都相似，排开后整整齐齐，煞是好看，老人自己看了，也忍不住称赞不已，直夸漂亮。过了一会儿，他挥动着手臂，做了个特别的手势，口中则念念有词，胳膊一挥，每个木头人好像施了魔法，活了，还朝老头点头。

围观的观众见状都笑了起来,并鼓起了掌。老人嘘的一声制止了他们。只听见他说:

"你们既然都不喜欢工作,我给你们每个人都做了二十个小人。每天,你只管吩咐他们干活就行啦。他们不要报酬不计辛苦的。但是,有点要求那就是他们一个人一次只能干一件事。现在大家鼓三次掌,然后分配给你的小人活儿,每人一件活儿。"

老人刚说完话,这群木头人就四处散开,他们来到村民的面前向他们鞠了个躬,然后直起身子,身后的尾巴一翘一翘的,好像南瓜把儿。

"你们听好了,从现在起,你们要干活了,每个人都准备好,我叫一个上前一个。"

"犰狳猎手,出列!"老人刚说完话,就有一百多个小人站了出来,好像列队的士兵。

剩下的命名分别是:

糕点师;
木薯采摘工;
除尘师;
羊毛修剪人;
演员;

懒　人

运输者；
磨面人；
守卫者；
糕点师；
特殊工人；

讲故事的人；
土罐匠；
猪官；
礼仪队；
食品搬运工；
杂物工；
挤奶人。

分配完工作，所有的人都格外开心，自己可以使唤二十多个人了，那天大家忙得很。小人只是默默地埋头苦干，秩序也很好，村民在旁边休息就可以啦，那我们就可以拿更多的时间去做我想做的事情啦。

过了两三天，村里的孩子不乐意啦，他们开始抱怨：要寻找走失的家禽家畜，要看管弟弟妹妹，要清理杂物，总之要干各种各样的活，不要说玩，连学习的时间都没有，于是他们一起去找老人，要老人给他们小孩子也做木头人，帮他们干活。老人一听，眼睛里冒出了火花，问孩子们是否真的需要帮助,如果是真的,那他马上就去做。孩子们相信他们要做的事太多了,忙不过来,于是老人就削好了好几个小人,日夜赶工,终于雕刻了一天一夜后,每个孩子都有小人伺候着。

干活大队的职责是:

棕榈扇的制作;
传递信件;
放牧;
夜间巡逻;
不凶学生的私塾老师;
摘花;
演戏;
制作点心;
玩游戏;
仓管员;
讲述故事;
扮演小丑;
照看小孩;
管理者;
采购者;
整理玩具;
帮助小孩记数;
唱歌给孩子听;
制作馅饼;

懒 人

做杂务。

接下来的个把月里万事如意,所有的事情也在按部就班地进行着,没出现什么纰漏,村民也不需要担心事情没人做。比如说,晚饭有人做,水果有人摘,房间有人收拾,床有人铺,哪里都搞得干干静静,每个人都不需要和谁攀比,不存在谁赢谁输。小孩子们除了吃喝和睡觉外,也没有其他的事可以做。人们随着条件的变化想法也渐渐地多起来,想要的东西更多了,想要大房子、大花园和漂亮的衣服。

木头人因为每次只能干一件事,所以人越来越多,老人只好不停地雕刻木头人,让它们做他们的仆人,这样日常的琐事才能有人干,所以这样就使得每个村民手上的木头人越积越多,数量也从二十个上升为六七十个,这还只是一小部分,老人还在不停地雕刻更多的木头人,这样到处可见木头人在活蹦乱跳,屋内屋外都有他们的身影,像苍蝇一样惹人厌,连门都关不住,到处是木头人,人们甚至想请人来帮他们关门。像有些屋子住满了木头人,它们采用轮流休整的办法,主人有事就吩咐它们,看门的木头人首领伸进头和它们打招呼,它们听到招呼声马上冲了出去,不干活时则和人类一样休息和睡觉,有的直接躺倒在地板上,有的一个压着一个,躲在角落里睡觉,有的把尾巴拴在竹筏上躺在那上面睡觉。不过，木头人很快就多了起来，为了维持秩序，不得不多制作几个木头人，来充当门卫。它们工作上松紧有弛，人类对它们都要小心谨慎，生怕踩上它们或者惹恼了它们。

有一天，人们厌烦了这样的无所事事，游手好闲，他们一个说，两个也这样说，有人帮忙是好的，但什么事都要别人做，就有点过了。人们开会后，会议内容随着传话员而在大伙当中传开了，最后大家都知道了问题。

首领泰拉说："一定要做些什么啦。"

"但是不需要你们做什么呀，"老人说，"所有的事情都有人做啊。"

"我的意思不是这样的。"泰拉用试探的口气问道："我是说，这些木头人的数量太多了，不能哪儿都是木头人。"

"但它们确实存在着差异，"老人说："助教的职责不就是哪儿需要，哪里就有我们的身影吗？"

"我的意思是我们现在整天游手好闲，也挺没意思的。"周边有个人插话道。他以前总说时间多的话他要当位诗人，"可一天下来我们根本不累。"

"我们也不想整天是这样过。"另一个人说道。

"麻烦就是，虽然现在都不要你做什么事啦，但是自己却感到不开心。"一位胖男子说道。

"我不想整天这样没事做。"有人大喊一声。

还有人凄惨地说道:"我觉得木头人干了我们所有的活儿,我们如果再干好像找不到原来那种感觉啦。"

"这话怎么解释,你说清楚点。"胖男人说道。

"你瞧,起先我是个花匠,挖土、种花、浇花等样样活儿都是我自己干,现在木头人来了,不光上述事情他们都干,甚至花儿枯萎了,死亡了,都是它们拔掉的。当它们再进行播撒种子的时候,我都觉得长出来的花和我没啥关系啦。我的表达可能不清楚,但是我希望你能明白,因为我知道……"

老人听了后却摆了摆手说道:"这和我们之前所订的规矩是相悖的,只要有木头人的地方,你们人类就不必干活,请记住这点。"

"但是我认为……"那个人刚想说话就被打断啦。

"请您不要思考啦。我们木头人会替我们考虑所有的一切,谢谢。"过了一会儿,老人想了一下,嘘的一声说:"既然你们不满意,那么我看看还有什么其他办法。"

泰拉小声地说:"一定要做些什么。"

"你什么都不能做,因为所有的事情都由木头人代劳啦,你们不需要做什么,所有的事情都有人做啦。"老人说。

他们的会开着开着就没有继续啦,每个人都回到自己的吊床上在思考,不久首领说了一句:"我们要行动自由。"老人说完,立刻找来小刀又给每个人雕刻了十个木头人,每个人都在喊"行动自由",一边喊一边在不断地往前走,而雷声却在轰动。

这样很快就形成了一片混乱。而木头人一边喊着"行动自由",一边冲上去,抢过其他正在干活的人手里的东西,抓住那些干活的木头人,混战后木头人走路有点歪歪斜斜的,不久就摔倒啦。整个房子霎时一片混乱,人和木头人四处逃窜,有的甚至从窗口跳到屋外,门关了又开,罐子被一个个摔坏,动物们则鸡飞狗跳,在任何地方都是"我们要行动!我们要自由!"人类则逃出了屋子,看到木头人在打架,有些把对方挂到树上,有的则狠狠地在揍对方,有的是把屋子里的东西扔到外面。小孩子们也从屋子里跑了出来,平时服侍他们的木头人则跟在他们后面,有的一边跑一边还在给他们讲故事、扮小丑,有的则背着很重的东西在逃跑。所有的物和人陷入一片混乱中,大家不知道该到哪里去,到处都是木头人在站岗,它们努力地在维持秩序,以免发生骚乱。到了傍晚,屋子里空空如也,吊床上也是空空如也,一个人都没有,村子里的男女老少都跑到湖边避难去了,这才获得行动上的自由。而屋子里就只剩下木头人啦。

人们自己摘水果吃,水果吃起来仿佛更加香甜,他们自己从湖里打水来喝,水喝起来也仿佛更加甘美和凉爽。傍晚来临啦,人人因为劳累了一整天所以睡得很香,即使身边没有木头人在给他们摇吊床。第二天早上,他们很早就醒啦,发现日出似乎比以前的更加绚烂,大地也染成了粉红色和金黄色,空中的鸟儿的歌声是那样的动听,那样的美妙,微风吹过草地又是那么的清爽,那么的自然。第二天很快过去了,人们惊奇地发现这个世界竟然如此美妙,自己以前怎么没有注意到了:蝴蝶不停地在花丛中嬉戏,白云在空中漂浮,大地绿意盎然,天空湛蓝湛蓝的,金子般的阳光也洒向地面,水在那里滴答滴答地流着,树木则随着风在那儿不停地摇动……以前的木头人的生活就像是做了一个噩梦。想到这里,人们才定下心来,世界又是一片欢声笑语。大家开始架构房子,安享生活,快乐地工作着。

但是,在以前的那个村子,事态好像变得没有办法控制。有的木头人一边高喊"行动自由",一边推推搡搡,对那里干活的木头人横加干涉。而以前的木头人因为主人不在身边,感到无所适从,也开始不干活啦。做陶罐的和洗陶罐的也在那罢工,洗好陶罐的开始把做好的陶罐砸碎,马上就有木头人清理陶罐、掩埋碎片。这样砸了清,清了砸,它们的工作是毫无意义的,能够干的活儿也不是很多,不久它们就没事可干啦,肚子这时也饿啦,怎么办呢,做东西吃。这样摘水果的、烤面包的又有活可干啦,生火的也在一起吃,伐木的又不得不多去砍些木头来生火。它们工作后肚子会饿,饿了又去吃东西。虽然忙碌,但是却碌碌无为,新的那批木头人没有事情可做,于是成群结队地去捣乱,这样一片混乱中,大家都在那瞎忙。

而那些高喊"行动自由"的木头人没事干了,去招惹那些家禽家畜,不过很快麻烦就大啦。动物们可不喜欢被木头人控制,纷纷拿起东西对木头人发起攻击。比如拿起器皿就往木头人身上泼热水,火堆的灰烬也加入到了这次混战中,磨玉米的磨盘在慢慢地转动,低声发出嘶吼,好像在说:

"一日接一日,你们让我们受尽折磨——
磨呀,磨呀,磨!
吱呀!
吱呀!
磨呀,磨呀,磨!
越来越多人来折磨我们——
磨呀,磨呀,磨!
我们的厉害让你尝尝吧——
磨呀,磨呀,磨!"

磨盘在那转啊转,好像有只看不见的手在推一样。两个木头人在你一拳、我一脚的搏斗中,突然摔倒在地上,结果被卷进了磨盘碾成了粉末。厨房中的器皿、家禽、家畜看到了,认为这是个好办法,于是就把每个房子里的木头人都往石磨旁边推。霎时,火星四溅。有的溅到了茅草屋顶上,引发了大火,木头人惊慌失措,开始往门外跑,屋里、屋外陷入了一场混战中。突然,电闪雷鸣,下起了一场瓢泼大雨,木头人因此没有被烧伤,他们逃进了森林躲在树上,再也不敢下来啦。后来,它们长出了头发,就变成了猴子。但是它们依稀还记得木头人的那些事情,所以到了今天它们还对人类耿耿于怀,如果谁要徒步穿过森林的话,最好要小心那些猴子朝你们的头上扔核桃、丢树枝。

卡布拉坎的一生

双胞胎兄弟胡那普和巴兰克把巨人卡布拉坎杀死了，他们是这样做的：

在杀死卡奇克斯和至帕克那后，卡布拉坎就一直住在巨石山崖的周围，有一天，他翻山越岭，在路上遇到了一群山羊，山羊迷了路。于是他坐在地上，双腿摆开，像栅栏似的拦住了山羊的去路。他抓起山羊，一只只的往嘴巴里送，一口一只，不一会儿，所有的山羊都被吃掉啦。矮小的牧羊人看到巨人后，害怕得打起了哆嗦，头也不回地跑到树后面躲了起来，逃掉啦。第二天，巨人肚子又咕咕地响，他看到不远处有座房子，矮矮的，小小的，在那户人家里养了很多牛,他走过去话都没说,一下子就把牛全部吃光啦。房子里的人都吓得要死。第三天,巨人又跑出来了,他来到村子边,好像食蚁兽吃蚂蚁一样,看到有什么吃的他就抓过来吃,没有人敢拦他,村子里的所有人听到他的脚步声,都吓得瑟瑟发抖,四处逃窜。巨人威胁大家生活的事一传十,十传百地传开了,很快就传到了双胞胎兄弟的耳朵里,他们暗暗下定决心,要除掉卡布拉坎。

卡布拉坎知道卡奇克斯和至帕克是怎样被两兄弟杀死的,所以这两种方法都制服不了卡布拉坎。他虽然脑袋瓜不太灵活,但是却在想办法:该怎样不被两兄弟杀死呢?尽管他们从来没有交过手,但是卡布拉坎认为自己是最强大的,谁也杀不死他。正是这种自负的心理使得他最终面临失败。

一天,暴风袭来,雷电交加,风驰电掣,眼看着一场风暴即将来临。森林里,树木被风吹得乱七八糟,海浪不停地拍打着海面,石头一个个被带上了天。天空乌云密布,暗流涌动。卡布拉坎被吓坏了,他从来没有见过这番情景,心里害怕,不禁打了一个寒颤。那天他破天荒地没有出门,他有点害怕,直到风慢慢地小了,天空也慢慢地转成了灰色,他才站起身来出门。这时,月光洒满了整个大地,空中的云也渐渐消散,这时,他看到了不远处的双胞胎兄弟——胡那普和巴兰克。原来,暴风肆虐时,两兄弟也来到了岩洞,刚才卡布拉坎的那一幕被双胞胎两兄弟看见了,他们仿佛还听到了他的哀号和哭泣,这让他们俩吃了定心丸,原来卡布拉坎也有软弱的时候。

卡布拉坎也看到了双胞胎,只见他直起身,问双胞胎兄弟在干吗。他本来还想多问几句,但是脑袋里一团浆糊,他有点心虚,于是唱起歌来。刚才的那种恐惧感还在心底埋藏,所以在歌唱时还一丝丝地颤抖:

"我的名字是卡布拉坎,
天崩地裂的卡布拉坎,
我叫卡布拉坎,
我称霸人间!"

当他唱完歌后,只见胡那普冲到他面前,大喊道:"不错啊,卡布拉坎,你虽然很强壮,但是刚才你也见识到我们的威力了吧。你看,我们吹几口气就把石头吹跑了,我们呼吸几下就把森林里的树木连根拔起,天也一下子就黑啦!当然,我们会的还有很多,像刚才那些事,我弟弟一个人就能搞定,怎样,准备好了接招没?这次,可是我们两个联手哦。如果你被我们打败了,那这个世界你就别想再混下去啦!"

听到这,卡布拉坎觉得背傎地一下凉啦,阵阵恐惧席卷而来。他揉了揉眼睛，不敢相信，如此小的两兄弟，竟然能呼风唤雨。想着想着心里一阵后怕，一句话也说不出来。

原来两兄弟早就谋划好啦。胡那普刚说完，巴兰克接着就发话，当然，这是经过仔细思量后才说的："要不，卡布拉坎，你加入我们吧。有了你，我们如虎添翼。如果你和我们一样吃煮熟的肉，那么就可以和我们一样长得很壮啊。"

巨人听了他们所说的，心里一动，暗暗盘算着：如果两兄弟真能让我和他们一样吃熟肉，那么我也会强大起来，也会呼风唤雨，那时我就不怕他们啦，到那时，我再好好收拾他们还不迟。想到这，卡布拉坎不禁一阵冷笑"现在我主要是要他们两兄弟能相信我。"于是他说："我们先比试比试吧。我们来比谁能搬起这座山。如果我比你们差，那么你就给我吃你们的食物，这样我强壮起来后，你们就要做我的奴隶。"

听了他所说的，兄弟俩假装要商量一下。胡那普做出不同意的样子，表示要再来一场飓风，和巨人拼到底似的，而巴兰克好像在不停地劝说他。卡布拉坎看着这俩兄弟，暗暗希望他们能不再招来一场风暴。

只见胡那普说话啦："卡布拉坎，我们就比试谁能把这座山翻过来吧。"说完，他回过头，犹豫了一下，他又说道："可这没有什么含义啊。我们在这件事情上，只要我吹口气就可以翻个底朝天，我们并不需要你的帮助，那么这样你就会被吹到世界的尽头，像叶子一样。"

巨人的生活虽然周边都是光秃秃的石头，但这是他的窝，他住在这也感觉蛮舒服的，所以，要被吹到世界的尽头他是不愿意的。所以他拍了拍手上的灰尘，扬起头，一脸坚定地表示他愿意接受挑战。胡那普则在旁冷嘲热讽地说："这简直就是小儿科。只要你把山颠倒过来，人们吃的食物你就可以吃，这就会让你更强壮和聪明。"

于是，卡布拉坎不再说什么，张开双臂，耸了耸肩，准备迎战。"我这就开始把山翻个底朝天，别拦着我，天亮之前一定办到。"卡布拉坎在月光的照耀下，像座肉山一样，只见他大步流星地向前走，来到山前，一下子就把山头抱住啦。刚开始，他想直接拔起山，于是分开双腿，夹紧肌肉，肌肉一块块的，但是山却纹丝不动。第二次，他用双臂夹紧山石，双腿像双塔似的稳稳地扎在地面上，但是山还是一动不动。这时他变得狂躁起来，开始使出浑身的力气，不停地敲打着石头，又是拽又是压，旁边的大地一阵颤抖，仿佛发生了地震似的。这次他的劲也太大了，只见山裂开了一侧，一条清澈的小溪从中涌出，水好像一条银蛇蜿蜒而成，在平原上静静地流淌。这整个晚上他都在和这座山较劲。天慢慢地发白了，卡布拉坎感到疲惫不堪，但是那座山还是丝毫没有一点动静,只是从中有一条小溪流出。而他所站立的地方也多出了两个大洞。而山上被他双臂环绕的地方被磨得光滑而平整,整个石头在阳光的照射下熠熠生辉。卡布拉坎不停地嘀咕着,费了这么大劲却没有什么效果,看来自己真的很弱了。

胡那普什么都没说,只是叫他过来休息一下。胡那普说:"其实你吃山羊、奶牛等这些都不能让你们变得很强壮,主要是因为你没有强大的信念。所以你就像一根没有弦的弓、没有箭的箭筒,而只有人类的食物经过煮熟后吃才有力量。这就是为什么我们吃这些东西的原因,也正是因为吃了这样的食物,让我们能够做得更出色。"

巨人听了后感到很兴奋。他现在已经筋疲力尽啦,只见他一屁股坐在地上,不停地来回擦着双手。他坐下休息时,望着那座山很多次,但是山还是那座山,他尝试了很多次,但是仍然无法撼动。这会儿他想,要不这事就这样了吧,只要那对双胞胎兄弟不再呼风唤雨就可以啦。

胡那普射中了一只秃鹫,巴兰克升起一堆篝火,他们开始烤起那只秃鹫来,烤肉的香味四处飘散,好香啊。巨人从来没有吃过烤肉,当然对于做法更是不知道啦。

在他们那一带有种结豆荚的草,在豆荚里有一颗红色的浆果。而只要在早上吃下那种浆果,那么不要等到太阳升起,他就会马上毙命。胡那普采集了很多这样的浆果,把它们都塞到了秃鹫的肉里面。看来这次他们是要巨人的命。他们将烤好的含有毒浆果的秃鹫递给了卡布拉坎,只见他一口就吞了下去。

刚开始他觉得自己力气很大,于是站起来,想把那座山拔起来后扔向那两兄弟。只见他狠狠地抱起了那座山,山头承受不了重力,马上爆开了,升起一阵黑色的烟雾,一股热气往上冒,这股烟雾实在是太大了,不久就形成了一朵乌云,遮住了阳光。霎时天地暗淡下来,一股暗黄色的液体渐渐地覆盖了所有的东西。山顶很快地喷出岩浆,四处向下喷涌,冲下山去,速度也渐渐地在加快。但是,浆果的毒素慢慢地发挥作用了,卡布拉坎一下子像泄了气的皮球,瘫倒在就要拔起的山的旁边。毒素在他体内扩张,只见他皮肤越来越黑,渐渐地没了力气,眼睛里露出凶光,狠狠地盯着两兄弟。

巨人快不行啦,只见他垂下头,身体夹在山脊上,呼吸越来越快,但是心脏却停止了跳动,好像一片死海。卡布拉坎已经没力气啦,只见他渐渐地被熔岩所吞没,沉入到了土地。

巨人卡布拉坎,号称世界的主宰,就这样被两兄弟杀死啦。两兄弟也实现了他们的诺言。

夜游人和猫的故事

以下故事是我在火地岛淘金的时候偶然听说的。给我讲述的男子叫阿道夫·索托,他是玻利维亚人,这些事也正好发生在玻利维亚。他父母都是玻利维亚人,然而他自己不在玻利维亚,他是在巴塔哥尼亚长大的。他所在的这个地方呢,在安第斯山脉东侧。而南部就是著名麦哲伦海峡流经巴塔哥尼亚内陆的海湾。这个故事在巴塔哥尼亚地区口口相传,大家都听说过传说中的那三块巨石,接着故事又传到了索托耳中。他从小就不识字,看图明白来得快些,所以我能确定的是,这个故事他肯定不是从书了解到的。可是他一直强调所讲的就是真实无疑的,就是说的时候毫无逻辑，支离破碎，搞不清来龙去脉。他怕我听得也云里雾里，不能完全感受到其中的神奇，就分成上下两篇来讲，好让我大吃一惊。即便我跟他说我猜到了故事结尾，只是因为礼貌才没有说，他估计也不会相信。就像他家里的人根本没有见过铁路、电报和电话机，所以他觉得火车、电报和电话带着魔法——所以他讲的故事你怎么理解都不成问题。

一

索托说，年深月久，地球上的生物都温顺无害，美洲豹的爪牙不会成为攻击人的武器，毒蛇的尖牙上不渗毒液，灌木丛没有一根刺能扎到其他，但是除了一只猫。这只猫心肠邪恶、没有善念，总是教其它生物藏在阴暗的地方猛跳出来吓唬人或者抓挠啃咬。这只邪恶的猫连小小的绵羊都不放过，还教它们摇头摆脑横冲直撞——然而猫并不是一位好的教育家，绵羊连一丁点儿都没学会，所以直到现在绵羊还是单纯可爱的生物，连小孩子都不会恐惧。

邪恶的猫白天睡觉，做不来坏事，养精蓄锐，在梦里想着干坏事，自我得意一下。但不好，事情坏就坏在这里啦，她的梦无论如何都会化作人形，变成一个拥有阴险的狐狸脸的梦游人跑出来。

夜游人和猫的故事

有时候梦游人打扮成一个衣着华丽的有钱人混进人群，样子就像扑克牌上的国王K一样；有时候他会装作衣衫褴褛、满身污渍的乞丐；有时候又会变成一个无头人，在身上要么长了一张嘴，要么长了一双斜视的眼睛；有时候他张牙舞爪地盯着一个人，由于他的样子，人们吓得动弹不得，像老鼠看见猫了似的。以后，人们要是看到类似的恐怖形态，就知道肯定是邪恶猫的梦变的。无论梦游人改头换脸成什么东西，他走到哪里，哪里就有不幸；更虚伪的是，他一边答应要信誓旦旦地保佑人们，实现人们的愿望，一边却做着令人发指的勾当。没人知道他的真正意图，但所有人都喜欢小恩小惠，听到可以满足自己的愿望就想占小便宜。其中，有个伐木工辛苦做工后，疲惫地坐在树下垂头叹气，觉得自己再怎么努力，活儿也干不完，难以很好地养活好几口人。梦游人应该是有一双顺风耳，听到了他的念叨，立刻出现在他面前说：

"你在自言自语什么呢？"梦游人满怀关切地明知故问。

"我从早到晚砍树，一刻没敢停，可到最后看着地上三三两两的树干，还是很少。我明明为了妻儿累死累活，到头来他们还要嫌弃我穷，没能力养活他们。"说的都是实话。

"那你遇到我可简直走大运了。我可以帮你实现这个愿望，不过你要给我点什么东西作为交换。"

伐木工听后沉默了一会儿，仔细想究竟能给面前这个人什么东西。另外，虽然他每天心生各式各样的愿望，真是到了这个能有人帮助的时刻，他还是不知道最终想要的是什么。突然他的目光落在闪着光的斧头上，便毫不犹豫地回答道："我想让我的斧子不论砍树枝还是其他什么，一斧子下去砍掉的东西会成双成对。"

他刚一说出口便觉得自己说的是什么呀，这么愚蠢。梦游人和邪恶猫也看得出来。不过说出去的话是覆水难收的，梦游人就把这个作为他需要实现的愿望。他念叨了几句伐木工听不懂的咒语之后，叫他挥动斧头看看会如何。

伐木工拎起一块巨大的木头放上斧头刃上，刹那间一块木头变成了两块，并且每块都有人的胳膊那么粗，绝不是被斧头劈开的两半，是一模一样的两块。伐木工抬头看着梦游人，张大了嘴巴一脸吃惊，刚想问梦游人怎么回事，却找不到他了——因为邪恶猫醒来梦便结束了，梦游人回到自己的住处。

然而不久，伐木工发现他根本砍不断木头：冲着树干砍下去，一瞬间一个树干就变成了两个，再也变不成两半；朝树枝砍也一样，一根树枝会变成两根，很快他就被堆在树干和树枝的中心，根本难以干活。更可怕的是，他在回家路上碰到一条剧毒的蟒蛇，结果他一时忘了现在的斧头与平日的不一样了，下意识地挥着斧头向蛇砍去，这下，蟒蛇多出来一条，一同朝他吐着信子嘶嘶作响，伐木工吓得转头就飞奔回村子，慌慌张张、战战兢兢地告诉人们他的遭遇。人们听了大为震惊，赶紧把斧头吊起来挂在树上，这样所有的人看到就会知道发生了什么事情，为了避免以后发生不幸的事。

就在这时，一位见多识广的智者来到村里。他听说过这一带的地方有只无恶不作的猫，但他不知道的是，猫做梦时会走出来一个狐狸脸的梦游人。智者到处找那只猫，花了数日走进深山。某天，阴郁低沉，伴着小雨。邪恶猫十分厌恶这样的天气，淋了雨后湿漉漉的毛跟着他的身躯跑来窜去，一下子撞在智者的怀里。

"你为什么要急匆匆的呢？是有什么事情吗，和我讲讲吧。"

"不行，我不喜欢雨天，我得马上找个温暖之地烘干我的毛。"猫满身的水滴，不停打在地面，特别狼狈的样子。

"你喜欢石头搭建成的房子吗？"智者问。"喜欢呀。"猫回答道，"是足够大的房子，但只需要一大间，我只想静静地待着。我在房子歇脚，以及舒服地做个美梦，没人打扰我就好。要是你能知道有这样的房子,告诉我,我就教你一些技能,不然,也可以满足你一个愿望。你是想获得猫头鹰捕猎的利爪?还是像吸血蝙蝠一样吸食鲜血?再者,例如,像毒蛇张口就能喷毒液?还是说如同箭猪一样放箭?"

"我什么都不要,不过还是谢谢你了。我无偿给你找个石头房子,就在今天。"

"我要没有喧嚣,没有打扰的地方,这样的房子又在哪里呢?"

"这个你无须担心,我会找个包你满意的好地方。"

"房子建在哪边?我怎么才能找到呢?"猫问道。

"听我讲,"智者答道,"我会给你一根线拉过去,这根线不会断,你牵着线走就能走到石头房子那里。"

"好的。不过房子只能由我一人知道,而且那个地方绝对要安静。还有,万一有敌人闯进来了,这房子还要给我开一道随时能溜走的后门,如果是扇窗让我跳出去也行。"

邪恶猫和智者达成一致,说完便一个向东,一个向西,彼此分开了。

次日,邪恶猫在游荡之际,那根线就出现在它的眼里,于是就好像一颗启明星指引着,邪恶猫一路沿着山丘和山岭,历历村落,长途跋涉,最后来到一块小高坡,原来智者正站在这上面,定眼一看有三块的石头在他的脚边:两块竖着,第三块横放在这两块上,恰好形成了一个带着两面墙还有房顶的屋子,大小正好够它一个人睡。猫略带困惑,可最终还是钻到其中,卷起尾巴眨了眨眼睛。一下,两下,三下,还没到第四下就睡着了。它刚睡着,智者就拿出绳子套在它的脖子上,这不是普通的绳子,它绑住了这只猫,一绑就是许多年。直到有一天纳斯卡的出现,改变了这一状态。

讲到这里,猫的故事就算告一段落。

虽然我在上面说到猫的故事结束了,但是实际上并没有,结束的只是故事的上篇,也就是阿道夫跟我讲的第一段故事。他讲故事时前后表达不明,循环往复,还添加了许多跟这个故事无关的琐碎细节,是我自己按照我的逻辑整理出紧凑而精彩的故事,舍去了无关紧要的东西,来告诉你们。要说第二段故事,阿道夫讲得更吃力了,我自然也听得很难受。当时,我们互相聊天的地方也极其不舒适,没有温暖的房间,没有明亮的电灯,没有书架,也没有浴缸,唯一的家具是一口脱落柄的平底锅,外加一个铁罐子。说是住人的房子,其实充其量像地窖。这房子还是我们自己搭的,本来构想成方形的,但是拐角的地方我们建得不平,材料又有限,最后不仅由方变圆,越高的墙壁处越往里陷。我们在房子中央生火,圆顶的地方自然而然留了个烟囱跑烟。

在这个屋子里，睡觉要蜷起身子睡，也无法正常地直立。可我们也很少站着，由于屋子的高处里烟味重。

估计是三周前，阿道夫跟我娓娓道来第二段故事。应该是六月里一个寒冷的晚上，晚饭是我们所喊的"炖鱼汤"——这顿菜你可万万不能望文生义，因为肯定跟你喝过的不一样。对于我俩来说，要是有一块羊驼肉，我们就扔进铁锅里炖。每次炖汤还有些剩余，我们不会浪费掉，晚饭后拿铁锅盛着那点汤，等第二天捕小鹅或者别的能吃的猎物了，就继续放进去一起炖，往后什么都往里丢，今天干马肉，明天鱼，当天加进什么肉最多，炖出来就是这种肉的味道。总的来说，每次爬山都会有食物，等炖到第六天，也就是周六，我们就清洗铁锅，准备开始迎接下一周的猎物。我记得很清楚，正是在喝鱼汤的晚上，锅里不时冒着泡，阿道夫大口大口喝得特别高兴，从而就滔滔不绝地向我讲起故事。

二

你们还有印象吗？在那高山顶上被线绳捆住难以动弹的猫和挂在树上的斧头。久而久之，猫越长越大，当然猫住的石头房子也跟着长大——这兑现了智者的承诺。猫虽然无法伸展走动，但她的梦却可以自由游荡，因此狐狸脸人身的梦游人在村子里存在很久，只有猫从梦中醒来，他才会消失。

仔细想来，猫被绑起来算是一件好事，要是它没有被智者捆起，肯定会到处教唆动物学坏，致使绵羊就会跟野猪一样凶狠，要么马就会像野牛一样鲁莽，或者鱼会跟毒蛇一样使人中毒。一旦猫不再在睡梦当中，狐脸人身的梦游人就不复存在，这样大地还是万花绽放，硕果累累，绿树如茵，春雨如丝，人们仍旧真诚善心。

不知道是哪天来着，邪恶猫持续做梦，可把梦游人忙坏了。这一天，挂着斧头的高地来了个陌生人，这人身着破破烂烂的浑身污垢的衣服，头发发红，眼有些向上倾斜。应该是个乞丐，没有人会朝他再看第二眼。要说是穿过了森林才到此处，衣服被灌木刺划破正常不过，不过还有污迹，尤其还是带血的污迹就有点生疑了，因为森林里到处会有溪涧，水清凉透明，随时可以洗一洗。经过这边的人们看到他慌忙走开，连看他的眼神都是冷漠的，虽然这里的人们大多心存善良，但他们内心深处还是想让乞丐离开。要说不待在村子里很简单，因为村子附近就有许多多汁的水果以及浆果，还有甜美可口的根茎，营养丰富。到了晚上，也能躺在星空下睡觉，根本不会有邪恶猫那号人物前来使坏。不过，陌生人也没有透露出讨好村民的意思，你们猜他是谁?他呀,就是那邪恶猫梦境化作的人形。

有一段期间,梦游人会在树下大吵大闹,说道,万千世界,没有谁是朋友,这里也没人喜欢自己。平常他或是跑向远处,或是拿手指着别人,还会展开双臂做飞翔状,手指分得很开。人们觉得这个人很烦,却也无可奈何。他累得不行了蹲在地上哭了起来,哭到一定时候就停下了,没人敢靠近一步。消停了一会儿,他开始疯狂地大声唱歌,口中的歌词还能辨别:

> "我走过整个世界,
> 孑然一身,无人陪伴。
> 麻烦不断,一路挥剑,
> 孑然一身,独自承受。
> 我历经黑夜白昼,
> 孑然一身,无人陪伴。
> 世事无常,命运多舛,
> 孑然一身,无人陪伴。"

唱完了还发出一声狼般的长嗥。

吼完这一嗓子之后他还是一刻也闲不下,于是他开始做着各种滑稽的姿势,狂躁地东跳西蹦,张牙舞爪,但是不发出一丝声响。过了好久,他又胡言乱语,路过的村民们面面相觑,以为这个人癫狂了,却怎么也不会想到这个人居然就来源于邪恶猫的梦。

与此同时,湖对岸来了个叫纳斯卡的孩子,他背着一筐鱼,一路哼唱着小调过来了。看到大家都围在一处,他也挤上前去。梦游人恰好一望到纳斯卡筐里的鱼就口水直流,扑了上去直接生吞,连鱼骨头都吃得一干二净,主要那是猫的梦变的,这也是猫的自然本性。等吃光鱼,他摇动着胳膊打着圈,嘴中发出时长时短的哀叹,手指着背鱼男孩吼叫起来。纳斯卡不怎么想要理会梦游人,但又碍于礼节不好意思拒绝。

"我好饿好累,"陌生人说,"没人可怜一下我吗,给我一小块地盘收留我?"

纳斯卡听了这番话,心肠变软。他与祖母两人相依为命,他们对饥饿的人会给予力所能及的帮助,不会让食不果腹的人空手而归。纳斯卡心地善良,看到有动物不小心奔跑经过稍微大力一些把花茎弄断都会难过很久。眼前,陌生人一动也不动,只把脸扭过来朝向男孩,然后又把头转到别处,这怪异的举动让他很疑惑。其实这是梦游人的惯用伎俩,男孩由于好奇目不转睛地看着陌生人,但纳斯卡很快就头晕目眩起来。最后脸泛着红光,说出了周围百姓都不敢说的话:

"来吧,去住我的家吧。我家房子挺小的,挤一挤还是有多余的空间。其实我想说，相信我，周围的人并不是不欢迎你，只是你的衣服破烂，长途跋涉以致疲惫万分，举止怪异才吓到了他们吧。紧跟着我，你瞧见没，山丘后面有棵树，在树的下边的那间房屋就是我的家，旁边还有一个湖，你可以洗个澡。"

梦游人跟着纳斯卡略带欢乐地来到山的对岸。纳斯卡惴惴不安，越来越觉得这个人就像个影子，摆脱不掉了，也许随时可能扑上来偷袭。

在家中，祖母听到梦游人胡言乱语就昏昏欲睡，有些发抖，纳斯卡目睹后心里有些发怵。过了一会儿，梦游人吃完食物靠在树下休息，祖母才有些意识，她拿水洗了把脸清醒一下，她年老而黯淡的眼睛泛着些许泪光，纳斯卡一边安慰祖母，一边问她为什么难过。

"孩子，这个人眼睛向上倾斜的，你看是不是前世像狐狸啊？"祖母说。

"嗯，仔细看，你说的是像真是这么回事的呢。"纳斯卡说。可单纯善良的他替梦游人说了好多好话，"不过人长得怎么样，也不是他能决定的，他又没有钱买吃的，又没有地方住，有些可怜。"

"那么纳斯卡，你说，他的牙齿是不是吸血鬼一样，尖利的刀子般？"祖母赶紧问。

"嗯，的确这样，祖母，"纳斯卡想了想，"从前你认识他吗？"

"我以前也没见过，纳斯卡。我感觉有点怕怕的。我听过些传说，怎么讲来着，说自然界有一种动物特别坏，并且诱导他人干坏事，却没有谁能阻止。"祖母沉默了一阵，对纳斯卡说："你有细细地观察他的耳朵吗？是不是尖尖的，就像狐狸的一样？"

"是的。"纳斯卡说。

老妇人陷入深深的忧愁。纳斯卡见到这情形就劝慰她，要是这个人敢做什么坏事，他誓死保护祖母。

"傻孩子，你的这份心意我能明白。他要是真是冲着我来，倒也无所谓。一把年纪，该见识的也见识过了，剩下日子也不多了。倒是我听说这个人来的时候悄无声息，走的时候也不带走一片尘土，在显形时专门做坏事，我害怕的恰恰是这个。来，答应祖母，要是这个人跟你要什么东西用来交换你的愿望，你千万不要答应他，不要做伤害别人的事情。"

纳斯卡二话没说点头答应了。"不过他可能也没有你说的那么坏，只是因为遭遇过不愉快的经历才会成现在这个样子吧。他的脸确实不好看，不过人不可貌相，人丑心善也说不定。"

"不对，人脸丑恶的，多半人心也毒辣。"祖母说，"俗话说得好，江山易改，本性难移。"

纳斯卡把祖母的话牢记于心，可到了第二天，出现了一件奇怪的事，梦游人混入人群，一个一个地询问他们最想要的是什么，但是没有人不满足，生活在这一带的人们不缺东西，他们生活简单朴实，需要的东西很少。梦游人只好悻悻再往前走，偶然间碰到一群人，其中一个因为没睡好而发着脾气。身体肥胖，行动缓慢，每天早上被鸟鸣吵醒了，没有睡够。更糟糕的是，他没有苏醒被拖着赶了好长一段路，身上有好几道灌木划的伤口，听见梦游人的诱惑，他就立马想这些闹心事，结果就蠢蠢欲动了。

"你要真能满足人的愿望，我有一个。"他一边大声说，一边环视四周，像要宣布重要的事。

"你说。"梦游人一边说，一边古怪地咧嘴笑起来，不经意间露出尖刀般的牙齿。

"早上我被鸟儿吵醒，又被灌木划伤，所以我愿以后不要有什么到我身边烦我安心睡觉。"

"如你所愿。"梦游人说完，开始乱说一通，周围没人能听明白。

接着，你们看到，许愿人身边的嫩草枯萎，鲜花凋谢，连美丽的蝴蝶都掉落闪动着的翅膀死去了，他身边的一切霎时消亡。胖子呆若木鸡，一脸不敢置信地看着梦游人。剩下的人推推搡搡，纷纷逃离。在那个人身边声音都丢失了，鸟儿啁啾、昆虫窸窣哪还有。的确，许愿人身边的生命灵气顿时寂然无声。他的朋友都不愿意再靠近他。他不仅好睡懒觉而且害怕孤单，于是不由走近一棵树，然而他还没靠到树旁，树枝上的叶儿便一片片变黑干枯，只剩得树干像空洞的架子。许愿人感到莫名的绝望，只能飞奔进森林，他如同死神一样，所到之处寸草不生。

纳斯卡目睹了这一切，想起昨晚祖母担心已久，差不多就是这个样子的。这谁要承担责任呢？也是许愿人许愿的时候不小心，而不是梦游人的错。晚上，纳斯卡把早上发生的事转述给祖母，她听完一下倒在地上哭了起来，止不住地流泪。

"纳斯卡，怎么办，我们一定要让他离开。他作恶多端，跟我们不是同道中人，肯定会给我们带来一系列不幸与灾难。只要有办法能赶他走，我们就得尝试。纳斯卡，这个时候可不能老想对自己有好处。即便是为了赶他走而帮助他，也绝对不允许像那个许愿人一样伤害到其他有生命的东西，哪怕最微小的。"纳斯卡点点头。

第二天清晨便上山，纳斯卡学着当地勇敢强壮的青年以及美丽动人的少女那样看日出。接着他下山去游泳，上岸之后吃了点水果就去直面梦游人。

"这位朋友，我们这的很多人都畏惧你，你要是能识相地离开这一带就再好不过了。"

"哦呦，让我瞧瞧这是谁呀，那么大的口气。"梦游人听了纳斯卡的话怒火攻心。

"这是实话。"男孩的心突然加速，都到嗓子眼上了，还是勇敢地说了下去，"你说，要我们怎样做你才肯离开？"

梦游人思考了一下，"山丘上有一只生物，它身上绑着线不得动弹。没有人能扯断这根线，唯一的办法是要用那把被施了魔法的斧头。线被砍断之后，之前被施魔法的所有人也会摆脱魔咒。被绑住的生物是一只猫，它是我的朋友。纳斯卡，只要你拿着魔法斧头，等你看到那只猫身上的绳子砍上去，魔法就能破除了。"

纳斯卡没听出什么不妥之处，于是首先找那把斧头。那棵树很高很茂密了，从来没有人想过爬上树去拿斧头，纳斯卡费了好大劲爬上大树，把吊起来的斧头握在手里，落地后紧紧绑在自己的腰带上，然后回到梦游人那边。梦游人拿猫头鹰的羽毛和臭鼬皮简单地做了一张毯子铺在地上，只是毯子太小，于是纳斯卡用魔法斧朝它砍去，瞬间便多出一张毯子。纳斯卡这下高兴起来了，因为他本来也不想跟梦游人搭乘一张飞毯。他们在毯子上站好，毯子就带着他们飞向天空，不一会儿整个国家变成小小的一块一块，原本高大的树木变成了草叶，蜿蜒的河流变成了细细的丝。最后他们来到群山之间一片遍布石块、寸草不生的地方。这里山脊连着山脊，他们降落在一个山顶上。

"有个山丘在那边。"梦游人说着，用手指着很远的地方。纳斯卡顺着他指的方向看过去，有三块大石头。几百年前的小石板现在已经变大了好多，不过在纳斯卡眼里还没高过人的膝盖。石块下面就是他的朋友——那只猫。

"就是它，我要找的伙伴。"梦游人说，"她被魔法线捆住了，只有魔法斧头才可以解散。只要你能把她解救出来，我向你保证，我就从此不出现在你们村里。"

"可以，"纳斯卡说，"除此之外你还要保证把我送回去，我家离这特别远。"

"没问题，那张飞毯就行。不过你要注意，不能离开毯子一步，要是掉落毯子就会消失。"

纳斯卡越想越觉得猫身上的绳索解开是一件非常正确的事情，于是他找着那根魔法线。梦游人指指自己脚下，纳斯卡才顿时发现脚边就有一根头发一样粗的细线。纳斯卡举起斧头砍断了线绳，困住猫的绳子神秘地不见了。梦游人说得对，砍断线绳之后，纳斯卡瞬间回到了原来挂着斧头的地方，一来一回没花什么时间。纳斯卡记得，走的时候有人在池边蹲下往葫芦里灌水，回来的时候那人把葫芦灌满，直起身子准备离开。纳斯卡确实再也没见过那个梦游人，线绳断了之后猫就醒了，自然就不再做梦，也就不会有梦游之人。之前中了魔法的人又都恢复过来了，因为他而死去的生物也随着魔法的解除拥有了生命。

那只猫没有绳索的束缚怎么样了？纳斯卡从来没想到他那么自信地劈开了绳子却把一只可怕的生物放了出来：几百年来，猫变大不少，比一头牛还要壮大。某一个寒冷的晚上，纳斯卡在火堆旁取暖，门口挂毯飘进屋内，以为是祖母要走进家门，不料看到一只巨大的猫堵在门口，两只眼睛如鸡蛋。猫实在太大了，只能放低身子往屋里挤，纳斯卡看得哑口无言。猫围绕着一股恶意和邪气，它不怀好意地直勾勾盯着纳斯卡。纳斯卡虽然很害怕却一点都没有表露。他觉得大猫应该喜欢温暖的地方，就给它让出了靠近火堆的位置。于是猫便在火堆旁边靠着纳斯卡，有时候眼睛不眨盯着火堆看，有时候又扭过头盯着男孩看，软绵绵的状态。有次纳斯卡站了起来，想拿点柴火，其实是出去躲避一下以保证自己的安全，结果这只猫亮出锋利的巨爪。男孩想来想去，猫儿左看看右看看，整个屋子安静得像午夜的湖面。

纳斯卡突然想到了办法。

"你就安详地一个人待在火堆边,"他对猫说,"不打扰你休息。"

"不许动。"猫柔声说道,可还是张开她尖利的爪子向他发出警告。

屋子里的火温存很长时间,现在只剩下零星。映在墙上大猫的影子又大又黑,纳斯卡还在苦思冥想如何解脱,大猫一直盯着他。火花开始摇晃,墙上黑影也跟着移动起来,忽明忽暗,猫的眼睛还是盯着纳斯卡不放,闪烁着一股幽冷的光。

突然纳斯卡笑了一声。

"有什么好笑的?"猫问。

"虽然你个头比我大,但是我跑起来是你的四五倍。"纳斯卡勇敢地说,"是不可否认的事实。"

"胡说八道,"刚才那一番话显然掀动起了她的求胜心,"我能越过高山,还能跨过好几条河,我才是世上跑得最快的。"

"随便你怎么越怎么跨都没意义的,"纳斯卡越来越大胆,"坦白跟你说,给你砍断绳子那天,我走的时候还看到有人蹲在池边往葫芦里灌水,回来的时候那人才把葫芦灌满。要是你不信,我就去找那个人来对质。"

纳斯卡说这个是想找个理由脱身,没想到这番话引起了大猫的好奇。

"你为什么要砍掉捆住我的绳子?"大猫问。

"我想跟你比一比。"纳斯卡说。

"好。"大猫说,"我们打个赌,你要是输了的话,就给我吃掉,如何?"

"悉听尊便。"纳斯卡说,"反正你要是输了我不会吃你。我们就约明天比赛吧。"

"不行。"大猫说,"要比的话就选在午夜,天上挂着月亮的时候。"

"行行行,随便你。"纳斯卡说,"去哪儿比赛?"

"从山那边再跑回来,一共是七个来回。"大猫很聪明,开口就选择了高地,她知道遇到山头和山谷它有跳过去的优势,而作为人类的纳斯卡就只能爬上爬下;大猫选择晚上是因为晚上它比纳斯卡看得清楚。他答应大猫给它一筐鱼当晚餐,趁她大快朵颐的时候就可以出来找祖母。

祖母听了纳斯卡的故事哈哈大笑。"猫有猫的办法,我们人也有人类的智慧。纳斯卡,快去把那把魔法斧头给我找来。"

"不行,用斧头的话会让大猫从一只变成两只,那样就完了。"

"听我的,快去把斧头拿来。"

男孩飞也似的跑去把斧头给找来。

"纳斯卡,别怕。"祖母说着挥起斧头。男孩看到了赶忙站直了闭上眼睛。

斧头微微地落在纳斯卡身上,于是出现了两个纳斯卡,相貌和身材都一样。

"我身边有一个纳斯卡就很棒了,现在有两个我就更幸福了。纳斯卡一号原地待命,纳斯卡二号跟我来。期待一下会发生何事吧。"

她刚要走就发现自己忘了需要交代给纳斯卡一号的任务,说道:

"你呢,就在这儿等着大猫,跟她去山谷比赛。等她开始跳的时候你也跑,跑一段后就找个地方躲起来等猫回来,等她跑回来你就笑她跑得慢,然后我们见机行事。"

祖母说完就带着纳斯卡二号走了,翻山越岭,来到一处山峰陡峭的地方,坐等大猫。纳斯卡二号站在明处,祖母则隐蔽在一块石头后面。

月亮渐渐露出白光,大猫来到纳斯卡一号站着的地方,双眼锐利又邪恶,纳斯卡看一眼就吓得脸色苍白。尽管这样,纳斯卡还是竭力表现勇气。他并非不害怕,只是担心自己无法做好必须要做的事情。于是他勇敢地跟大猫说:"你能像鸟儿一样从一边飞到另一边,有越过山顶山谷的弹跳力，而我就只能爬上爬下，这样并不公平。你也跟我一样爬上山再爬下山，公平一些。"纳斯卡这么说只是想调戏大猫，因为他很清楚大猫并不会答应这一对它不利的条件。

大猫冷笑一声。"嗝！这到底怎么了？莫非已经害怕了？是不是没开始就预料着失败？果然是个强大的人啊！年轻人，我才不会答应你。按照之前定的规则，这下子你就等着当我的晚餐吧。"

纳斯卡沉默着，周围一片寂静，只有偶尔几声猫头鹰的响亮嘶吼，可能是提醒大猫别得意忘形。不过大猫沉浸在自己的世界里，根本听不到他人的声音。它拱起背部趴在地上预备着跳起来往前冲，纳斯卡还在想她是要朝他跳过去还是直接跳过山谷。突然，响起一阵雷鸣般惊人的声音——大猫一声"开始"之后，便迅速跳过了山谷，纳斯卡只能费尽力气爬上爬下。大猫跳到山的另一侧时回头看纳斯卡在那里，然后发出胜利的叫喊："来啊！跑起来！无论怎么挣扎如何拼命，还是落在我身后！"它跳得更远了，跳过山丘，跳过河水，跳过小桥又跳过石块，每次都能跳一百码那么远，不一会儿便来到纳斯卡二号那处。看到对手已经稳如泰山地到达，她大吃一惊。

"你怎么才到？"纳斯卡二号照着祖母吩咐的那样

说,"我还以为猫是跳跃能手,结果大跌眼镜!"

大猫听到这句话便恼羞成怒,它朝着背后的群山大吼了一声:"哼!还有回程呢!再来!"

纳斯卡二号跑了起来,大猫像一道闪电一样飞过他的身边,每一根胡须都生气到颤抖。等它刚翻过第一座山峰,纳斯卡二号就被祖母藏了起来,大猫什么都不知道,还是跟刚才一样跳过山峰山谷,跳过小桥流水和石块,这次一跳能跳二百码那么远了。最后回到起点却看到纳斯卡站在那里擦眉毛上的汗,然后朝它微笑。

"比刚才厉害了,差一点,你呀,再快一点就肯定能超越。不过,还是我先到。再来一次你要发挥出应有的实力。"

大猫见状愤怒地发出一声吼叫,震得地动山摇。这次一跃更快了。路过的石头要被空气灼热融化,以及周围的树木也感觉被烤焦。猫儿跟刚才一样跳过山峰山谷,跳过小桥流水和石块,现在每跳一次都有四百码远,结果还是看到纳斯卡气不喘地站在终点了。

"猫咪,我觉得我们很快就能结束比赛了,我真是遇到对手了。我回去就能过我平凡的生活。不过你这次只是没晚餐吃了。我还是要加油啊,一不小心输了我就没命了。"

大猫一筹莫展,只觉得纳斯卡跑得比自己快。她又想张开嘴准备大吼，结果只有微弱的呼吸，怎么也发不出声音来。它踉跄几下晕倒在地，眼睛合住。纳斯卡二号跟祖母见机行事，马上把大猫推到陡峭的山崖边上，一鼓作气把大猫推了下去。大猫被尖锐的山峰戳穿成无数碎片，从此魂飞魄散，连梦都做不了，也没有了从中而来的梦游人。

两个纳斯卡与祖母一同返回村庄，随之告诉人们事情的经过，人们喜出望外，手舞足蹈。自此，这片土地不存在黑暗与阴险，只留下和睦与友好。走过高山时依然可以看到三块巨石，又大又沉。这重量就算是二百个壮丁也抬不动，智者也没能够猜到到底是谁把巨石运到高山上的，或许普通之人才了解其中原委，不信的话见到聪慧绝顶的人也可以询问他们是否知道。